Zülfü Livaneli
Katze, Mann und Tod

Zülfü Livaneli

Katze, Mann und Tod

Aus dem Türkischen von
Wolfgang Riemann

Unionsverlag

Die Originalausgabe erschien 2001
unter dem Titel *Bir Kedi, Bir Adam, Bir Ölüm*
bei Remzi Kitabevi in Istanbul. Diese Ausgabe folgt
der vom Autor 2004 überarbeiteten Fassung.
Deutsche Erstausgabe

Das Motto stammt aus: Victor Hugo, *Das Teufelsschiff*
Aus dem Französischen von Hans Kauders
Copyright © 1987 Diogenes Verlag AG Zürich

Im Internet
Aktuelle Informationen,
Dokumente, Materialien
www.unionsverlag.com

© by Zülfü Livaneli 2001
© by Unionsverlag 2005
Rieterstrasse 18, CH-8027 Zürich
Telefon 0041-44-283 20 00, Fax 0041-44-283 20 01
mail@unionsverlag.ch
Alle Rechte vorbehalten
Umschlaggestaltung: Vanina Steiner, Zürich
Umschlagfoto: Henrik Sorensen/The Image Bank
Druck und Bindung: GGP Media GmbH, Pößneck
ISBN 3-293-00345-1

Vulkane schleudern Steine aus, Revolutionen Menschen. So werden Familien in weite Fernen verschlagen, menschliche Geschicke von ihrem Heimatboden losgelöst, ganze Gruppen zerstreut und in alle Winde verweht. Menschen sind plötzlich wie aus den Wolken gefallen da, die einen in Deutschland, andere in England oder Amerika. Sie sind das Erstaunen der Eingeborenen des Landes. Woher kommen diese Fremdlinge? Der rauchende Vesuv dort hat sie ausgespien. Man versieht diese Aerolithen, diese Ausgestoßenen, Herumirrenden, vom Schicksal entwurzelten mit Namen, nennt sie Emigranten, Flüchtlinge oder Abenteurer. Man erträgt sie, wenn sie bleiben, ist froh, wenn sie von dannen ziehen. Bisweilen sind es ganz harmlose Wesen … Geschöpfe ohne Hass und Zorn, Wurfgeschosse wider ihren Willen und zu ihrer größten Verwunderung. So gut es gehen will, versuchen sie wieder Wurzel zu fassen. Sie haben niemandem etwas zuleide getan und begreifen nicht, was ihnen geschah.

Victor Hugo, »Die Arbeiter des Meeres«

I

An diesem Dienstag Abend, sieben Tage vor seinem ersten Gedanken an das Verbrechen, fuhr Sami Baran, der seit zwei Jahren als politischer Flüchtling in Stockholm lebte, auf einer vereisten Straße, die sich durch den dunklen Wald schlängelte. Birken, Föhren, Buchen und Tannen, kerzengerade zum Himmel emporgereckt, flogen auf beiden Seiten der Straße vorbei, und der Wagen schlingerte über die schmale, eisglatte Straße. Er fuhr einen alten, schrottreifen Volvo, dessen ursprünglich tiefblauer, ramponierter Lack durch die vielen ausgebesserten Stellen inzwischen fast hellblau geworden war. Er hatte ihn aus »zweiter Hand« gekauft, doch hatten den Wagen sicher nicht nur zwei, sondern eher acht oder gar zehn Vorbesitzer gefahren. Die strengen Winter des Nordens hatten dem Wagen mächtig zugesetzt. Durch das Salz, das auf die vereisten Straßen gestreut wurde, hatte er überall Rost angesetzt. Doch Sami, der keine vernünftige Arbeit hatte, der ab und an für vierzig Kronen die Stunde einen Müllwagen fuhr und im Übrigen von der Sozialhilfe lebte, störte das wenig. So hatte er wenigstens ein Auto unterm Hintern. Doch er fuhr ihn nur selten, weil die Parkplätze in der Innenstadt zu teuer waren. Nur wenn diese seltsame Unruhe ihm das Herz umklammerte, sprang er in sein Auto und verschaffte sich Erleichterung, indem er wie verrückt im Wald und bei den Seen herumfuhr.

Wenn sich sein Herz so zusammenkrampfte, stieg es wie ein runder Ball bis in seine Kehle und wurde steinhart, bis er kaum mehr Luft bekam. Er fühlte sich, als müsse er jeden Moment platzen, als bräche gleich ein Vulkan aus seiner Brust. Wenn ihn so eine Attacke überfiel, wusste er nicht ein noch aus. Er konnte sich nicht anders Erleichterung verschaffen, als in seinen alten Volvo zu springen, sofort aus der Stadt zu fahren und auf den menschenleeren Straßen das Gaspedal durchzutreten. Wenn sein Volvo dann auf den vereisten Straßen hin und her rutschte, begannen aus seinem Mund Worte zu sprudeln, von denen er nicht wusste, was sie bedeuten sollten. Einmal, als er die Krise gerade überwunden hatte, als der Wagen endlich stand, nachdem er auf sein plötzliches Bremsen hin mächtig geschlittert war und sich ein paar Mal um sich selbst gedreht hatte, sah er im Rückspiegel sein tränenüberströmtes Gesicht. Natürlich wusste er, wie gefährlich diese Fahrten waren, die ihn an den Rand der Bewusstlosigkeit brachten und ihm fast den Verstand raubten. Doch sie erfüllten sein Herz mit einer seltsamen Ruhe.

Die letzten Tage hatte er sein kleines Zimmer im Studentenwohnheim kaum verlassen, saß im abgenutzten Sessel mit dem zerschlissenen Bezug und betrachtete in einem kleinen Spiegel seine kränklichen Augenlieder. Und wenn er seine Hand auf den Bauch legte, fühlte er wie einen Nadelstich diesen Schmerz, der nach rechts ausstrahlte und immer stärker wurde.

Wenn er von seinem Platz nach draußen schaute, sah er nichts als endloses Grau. Geometrisch verlaufende Straßen. Betonbauten, dahinter noch höhere Häuser, darüber mausgrauer Himmel, verschlossen wie ein nicht aufgebrochenes Eitergeschwür. Tief hängende Wolken. Die ganze Welt schien einzementiert unter einer grauen Glocke. Nur die Fenster der Häuser waren gelb, rot oder blau gestrichen, wie ein verzweifelter Aufstand gegen dieses Grau.

In diesem stillen, menschenleeren Viertel lief man auf betonierten Wegen. Außer ein paar Frauen unterwegs zur Wäscherei und einigen Müttern, die mit ihren Babys mal an die Luft gingen, war niemand zu sehen. Denn alle waren bei der Arbeit. Auf den rechtwinkligen, schmalen Plattenwegen ging er mit hastigen Schritten. Wenn er dann auf den Rasen trat, beglückte ihn der weiche Boden unter seinen Füßen.

Am meisten aber setzten ihm jene Plätze und Wege zu, die mit abgezirkelten Mustern in verschiedenen Farben gepflastert waren. Er konnte nicht anders, er musste sich für eine Farbe entscheiden. Das zwang ihn zu seltsamen Bewegungen. Wenn er sich etwa die schwarzen Steine ausgesucht hatte, versuchte er, die weißen Felder nicht zu betreten. Wenn er jedoch die weißen Platten gewählt hatte, durfte er die schwarzen nicht berühren. Selbst wenn sie die gleiche Farbe hatten, übersprang er beim Gehen jeweils eine Platte, und wenn sie in Rautenform gelegt waren, fand er auch dafür eine eigene Regel. Traf er auf ein Gitter, stand er still und zählte die Stäbe ab. Hier gab es keine feste Regel. Er konnte zum Beispiel beim Zählen jeweils einen Gitterstab überspringen. Wehe aber, wenn einer fehlte oder herausgebrochen war, da konnte eine Welt zusammenbrechen!

Ob andere Menschen sich dieses seltsame Verhalten aus der Kindheit bewahrt hatten? Bei ihm hatte das erst spät angefangen, erst nach den langen Jahren hier im Norden und seinen Erlebnissen in diesem Land. Wie sehr bewunderte er die Leute, die durch die Straßen gingen, ohne darauf zu achten, wohin sie den Fuß setzten. Irgendwie schaffte er es nicht, zu sein wie sie. Doch noch schlechter fühlte er sich, wenn er zu Hause war. Manchmal ertappte er sich dabei, wie er endlos von seinem Sessel Flusen aufsammelte. Völlig in Gedanken versunken klaubte er von dem abgeschabten Samtbezug seines dunkelblauen Sessels die winzigkleinen, weißen Pünktchen auf. Die Gläser auf seinem Küchenbord mussten in einer festen Reihenfolge stehen, ebenso die Teller.

Als er damals in Stockholm angekommen war, ratlos auf dem nasskalten Asphalt vor dem Bahnhof stand, inmitten der strömenden Menschen und zwischen den im Regen glänzenden Autos, war es ihm, als sei er in eine völlig andere Welt geworfen worden. Trotz der vielen beleuchteten Reklameschilder, der Neonschriften, Scheinwerfer und Straßenlaternen, war diese Stadt so düster und bedrückend. Er machte kehrt und ging wieder in den prächtigen Hauptbahnhof hinein. Als er mit seinem kleinen Koffer eintrat, spürte er noch das Regenwasser, das ihm in den Nacken lief. Auf einer Bankreihe mitten in der großen Bahnhofshalle saßen tätowierte Betrunkene mit langen blonden Haaren und Lederarmbändern. Sie machten obszöne Gesten mit dem Zeigefinger, traten den Passanten in den Weg, wobei ihre Holzpantinen seltsam auf dem Beton klackten. Ihre stumpfen Blicke schienen sich in weiten Fernen zu verlieren. Aus der mächtigen Kuppel schien ihm so etwas wie ein Echo von Wehklagen aus dunklen, nördlichen Wäldern entgegenzuhallen. Einer der Männer stellte sich schwankend mitten unter der Kuppel auf und pinkelte auf den Boden. Sami ging weiter zur Halle mit den Telefonen. Doch als er die unendlich vielen Telefonbücher sah, die in einer Reihe am Rücken aufgehängt waren, wusste er nicht weiter. Er bat eine alte Frau um Hilfe, doch die scheuchte ihn mit einer Handbewegung weg, wie man eine Fliege verjagt. Als er dann wieder heraustrat, hörte er erneut dieses seltsame Klagen.

In einer Kurve, in der das Wasser aus dem Wald auf die Straße geflossen und spiegelglatt gefroren war, geriet der Volvo bedenklich ins Schlingern. Die Reifen auf der rechten Seite schrammten an den Baumwurzeln entlang, und Sami hatte das Gefühl, die Kontrolle über den Wagen zu verlieren. Doch dann fing sich der Wagen wieder.

Mitten in dieser ganzen Anspannung wimmerte er unablässig vor sich hin. Er hörte seine unverständlichen Klagelaute, aber weder wunderte er sich darüber noch war ihm unwohl dabei.

Er wollte die Häuser in dem Studentenviertel, die Straßen, die gelben, roten, blauen Fenster, die Pastellzeichnungen, die in den Fenstern hingen, die selbstgebastelten Lampions, die bunten Fußmatten vor den Hauseingängen, den Weihnachtsschmuck, die lappländischen Bauernmützen, die geschnitzten Holzschuhe und die Wollsocken, die traditionellen Dala-Pferdchen in den Schaufenstern nicht mehr sehen. Er fühlte sich von ihnen umzingelt und belagert, jedes Mal, wenn es ihn auf die Straße zog. Inmitten dieses Trubels ging ihm die eine Frage durch den Kopf: »Ob ich wohl Krebs habe?« Die Stelle rechts an seinem Bauch schmerzte die ganze Zeit, als würde eine Nadel hineingestochen.

Der Wagen kam zum Stillstand. Rhythmisch ging

sein Wimmern und Klagen weiter, während er die Scheinwerfer anschaltete. Im Winter wurde es hier nie richtig hell, und jetzt war der Nachmittag noch dunkler geworden. Die hohen, eng beieinander stehenden Bäume beidseits der Straße ließen alles noch düsterer erscheinen. Draußen wuchs diese unglaubliche Kälte, ließ alles erstarren und verwandelte die Welt in eine leblose Tundra. Die Natur des Nordens lag im Winterschlaf, war in Eis erstarrt.

Immer wieder hatte er alle erreichbaren Zeitungen zusammengerafft, sie bis zur letzten Zeile durchgelesen und versucht, dem Gelesenen eine Bedeutung abzuringen. Eines Tages war er überstürzt ins Krankenhaus gefahren. Während er in der Notaufnahme wartete, verstärkten sich seine Schmerzen. Er musste nur die weiße Chip-Karte der Krankenkasse vorweisen, und sofort wussten die Schwestern alles über ihn. Der Arzt im kalten, weißen Untersuchungszimmer ließ tastend seine Hand über Samis Körper gleiten, und Sami sagte zu ihm: »Mit meinem Herzen ist etwas nicht in Ordnung! In unserer Familie sind schon viele an Herzkrankheiten gestorben. Nachts wache ich manchmal auf und stelle fest, dass mein Herz aufgehört hat zu schlagen. Und ich habe auch keinen Puls mehr. Etwas später dann genau das Gegenteil. Es schlägt plötzlich schneller, und meine Lippen werden violett. Mit meinem Herzen stimmt was nicht.«

Unzählige Male war er seither aus dem Haus gestürzt und ins Krankenhaus gehastet. Jedes Mal sprach er mit einem anderen Arzt: »Ich habe einen Gallenstein, der mir Schmerzen bereitet. Besonders wenn ich Eier esse ... Und vermutlich auch etwas an der Prostata ...«

Als hätten sich die Ärzte verschworen, wimmelten sie diesen jungen Mann, dieses Kind mit den sorgenvoll aufgesperrten Augen, jedes Mal ab. Einen schrie Sami schließlich an: »Sie wollen mich umbringen!« Und er warf einen schweren Aschenbecher nach dem jungen Arzt. Eines ihrer Medikamente – erst später bemerkte er, dass es ein Beruhigungsmittel war – senkte seinen Blutdruck. Er brachte kein Wort mehr heraus, Hals und Kiefer verkrampften sich. »Na also«, dachte er, »das ist das Ende!« Der Arzt entschuldigte sich, er habe das falsche Mittel verschrieben, denn in manchen Fällen dürfe es nicht verabreicht werden. Sami wertete diese Äußerung als erste Andeutung aus dem Mund der Ärzte dafür, dass mit ihm tatsächlich etwas nicht in Ordnung war. Eigentlich war das ein Sieg. Er war also wirklich krank, ganz einfach krank. Er war diesem Doktor dankbar.

Im Laderaum eines Schiffes, in dem es nach Petroleum, Maschinenöl und sauersüß nach Fisch stinkt, wo man das Meer riecht, in einem abgeschotteten Raum, in den etwas Licht durch das Bullauge fällt, sieht er vor sich Astrid, die einzige Schwedin, mit der er je geschlafen hat. Sie sitzt an einem zerkratzten Küchentisch und streckt ihm ihre geschickten Hände entgegen. Dann irrt er plötzlich durch unterirdische U-Bahnhöfe, über Rolltreppen hinaus ins Freie, durch Straßen und lässt sich schließlich zwischen Betrunkenen, Erbrochenem und zerquetschten Bierdosen nieder. Jugendliche in glänzenden Jacken, die ältere Menschen zu Boden stoßen, kommen vorbei. Er vergisst sich zwischen Pornoplakaten und klappernden Maschinen, die Kronen- und Öremünzen in seine Hand spucken. Pickelige Jugendliche, die sich gegenseitig ein Gemisch aus Würstchen, Kartoffelbrei und süßem Senf zwischen die Lippen schieben, stehen vor ihm. Die billigen Flittchen, die dunklen Schönen auf hohen Absätzen blitzen in seiner Erinnerung auf, und Typen mit Halbmond und Stern auf der Brust. Bremsen quietschen, das Lachen und Grölen wird lauter, und plötzlich sieht er sich mitten in einer Staubwolke. Augen, Mund, alles voller Staub. Das Zimmer ganz in knirschendem Staub versunken. Staub wie dieses Putzmittel, das das Krankenzimmer so makellos macht. Im Krankenhaus haben sie ihm ein Ekel erregendes Medikament eingeflößt, sie drehen und wenden ihn und machen zahllose Röntgenaufnahmen. Er versucht etwas von den Gesichtern der Krankenhausangestellten abzulesen.

»Was fehlt mir denn?«
»Das Ergebnis erhalten Sie in drei Tagen!«
Sie schauen ihn sehr besorgt an.

Am Tag, als er sich zum Polizeipräsidium aufmachte, um den Status eines politischen Flüchtlings zu beantragen, saß hinter einem metallenen Tisch ein Polizist mit einem erstaunlich schmalen, langen Gesicht. Er stellte Sami eine Menge Fragen zu seinem Pass. Dann drückte er eine Klingel, und die herbeigeeilten Polizisten brachten Sami mit dem Fahrstuhl in den obersten Stock, den sie durch eine eiserne Gittertür betraten. Dort zogen drei Wächter Sami die Kleider aus. Was sie in seinen Taschen fanden, steckten sie in eine Plastiktüte. Und genau in diesem Moment spürte er das erste Mal Reue. Es war falsch gewesen, hierher zu kommen.

Nein, das war kein Land für Flüchtlinge. Das war nicht das Skandinavien aus den Büchern von Knut Hamsun, die er in Ankara so fiebrig gelesen hatte. Es war nicht das Land, wo auf schäumenden Flüssen mächtige Eichenstämme donnernd vorbeizogen, wo in schwarzen Wäldern der jungfräuliche Schnee wie eine Fackel leuchtete, wo sich wie in den nordischen Märchen Waldgeister herumtrieben. Er hatte es geahnt, als er zum ersten Mal im Bahnhof stand. Nun wurde es ihm vollends klar.

Nachdem sie seine Kleider sehr genau untersucht hatten, durfte er sich wieder anziehen. Sami wurde registriert und in eine Zelle mit Stahltür rechts im Gang gesperrt. Sie hatte kein Fenster ins Freie, es war offensichtlich zugemauert worden, ein sehr seltsames Gefühl. Nur eine Öffnung gab den Blick frei auf das

Wächterzimmer, das ein Fenster hatte. Schließlich legte er sich auf das mit einem Papiertuch bedeckte Bett und stellte sich vor, wie nur einen Meter von ihm entfernt der Schnee fiel. Als er im Raum des Wächters gewesen war, hatte er draußen in der Dämmerung des Nachmittags Schneeflocken herumwirbeln sehen. Auch wenn sie ihn jetzt gleich freiließen, dieses Bild würde er sein ganzes Leben nicht vergessen. Eine bedrückendere Zelle konnte er sich nicht vorstellen. Die ganze Einrichtung war, wie man es von Operationssälen kennt, einzig auf ihre Funktion reduziert. Sami schlief ein, erwachte und versank erneut in Schlaf. Wirre Träume ergriffen ihn. Er schwebte in dem unbestimmten Bereich zwischen Wachen und Schlafen. Irgendwann bemerkte er, wie das Guckloch in der Tür geöffnet wurde.

Eine Frau schaute herein und rief: »Hallo Türke, Türke!« Er ging auf sie zu, und sie machte ihm Zeichen, die Ärmel hochzukrempeln. Er verstand zwar nicht, was das sollte, schob aber doch die Ärmel seines Pullovers hoch. Erst als sie schon gegangen war, begriff er, dass sie an seinen Armen nach Einstichstellen gesucht hatte.

Dann brachte ein mürrischer Alter das Essen. Rohen Fisch mit einer gelblichen Soße und süßem Brot. Er probierte es nicht einmal, sondern legte sich wieder aufs Bett. Auch jetzt hörte er wieder dieses Brummen, das er schon wahrgenommen hatte, seit er hier eingetreten war. Ihm schien, dass es ständig stärker wurde. Es war, als gehörte es untrennbar zu diesem Raum, wie die Wände, die Decke oder die Tür. Er konzentrierte sich auf das Geräusch und stellte fest, dass es aus dem Luftschlitz über dem Kopfende des Bettes kam. Er steckte den Kopf unter die Bettdecke, doch hörte er diesen Ton, der klang wie der Bohrer eines Zahnarztes.

Die Tür ging wieder auf, und der unwirsche Alte trat ein. Seine Wangen hingen in Stufen herab und türmten sich rechts und links neben dem Mund, seine grauen Augen verschwanden zwischen Falten und Runzeln, sie erinnerten an zwei Glasmurmeln. Der Mann sagte einiges auf Schwedisch zu ihm, doch Sami verstand kein Wort. Als er begriff, dass Sami ihn nicht verstand, streckte er die Brust heraus, atmete tief ein und schlug sich mit der linken Hand darauf. Sami deutete diese Gesten so, als wollte er ihm sagen, dass er sich nicht so schläfrig hängen lassen und sich etwas bewegen sollte. Deshalb stand er auf, atmete auch tief ein und reckte die Brust. Darauf wiederholte der Wächter die Bewegungen nur noch heftiger. Und so machten beide einige Zeit eine Art Gymnastik in der Zelle. Sami hatte aber den Eindruck, dass der Alte mit ihm nicht zufrieden war, denn er streckte den Kopf in die Höhe und zog die Luft noch tiefer ein. Sami tat es ihm nach, doch der Alte schien die Hoffnung aufzugeben und verließ leise schimpfend die Zelle.

Ein junger Wächter erklärte Sami etwas später auf Englisch, nun sei Zeit für den Hofgang. Sami war glücklich, dass er – wenn auch nur lückenhaft – Englisch verstand. Der Hofgang fand im obersten Stockwerk statt. In abgeteilten, nach oben vergitterten Käfigen von jeweils höchstens drei Quadratmetern. Der Boden war aus Beton. In der Dunkelheit leuchteten die Lampen wie Kerzen von schneeweißem Dunst umgeben. Sami fühlte, wie sich seine Augen mit Tränen füllten. Hier musste er bleiben, während sie Erkundigungen über ihn einzogen. Dies war das Verfahren bei einem Asylantrag.

Nachdem sein Abenteuer bei der Polizei ausgestanden war und er einen blauen Flüchtlingspass von den Vereinten Nationen mit der Aufschrift »Främlingspass« bekommen hatte, war es noch monatelang jeden Morgen stockfinster draußen. Wenn er aufstand, brannte in allen Zimmern, Küchen und Fluren des Heims das Licht. Er lebte unter Flüchtlingen, die nicht schlafen konnten. Als bereiteten sie sich auf ihre Ausweisung vor, kochten sie in der Küche Kaffee, kauten ihre Sandwiches, die sie schon am Abend zuvor geschmiert hatten, und löffelten Müsli aus knusprigem Mais. Wenn er nachts ins Freie trat, spürte er die kalte Luft wie Nadeln in den Lungen. Das Licht der Straßenlaternen zwischen den Betongebäuden fiel auf den vereisten Schnee, die rutschige, spiegelglatte Oberfläche glänzte im Lampenschein. Zitternde, frierende Schatten gingen an ihm vorbei, die versuchten, nicht auszugleiten. Jeder hatte den Kopf zwischen den Schultern vergraben. In der Dunkelheit des Morgens drängten sie sich an der Haltestelle und warteten auf den Bus. An der Endhaltestelle stieg er aus und fuhr mitten in der bleichgesichtigen Menge auf den Rolltreppen tief in die Erde hinunter. Aus den Wänden sickerte Wasser, es herrschte feuchte Grabeskälte. Im grellen Licht der Station drängte sich jeder hastig in den Zug, der schnell wie der Wind unter großem Getöse aus dem Tunnelschlund herbeiraste.

Wenn sie wieder an die Oberfläche kamen, hatte sich die Dunkelheit kein bisschen aufgehellt. In der Schule brannten die Lampen, und er setzte sich mit seinen Mitschülern aus Uruguay, Chile, Griechenland, Japan und Iran in die Bank und wartete auf den Unterrichtsbeginn. Die anderen waren ebenso alleine und fern ihrer Heimat; dabei lebten sie – was ihn erstaunte – unter ganz ähnlichen Bedingungen wie er selbst. Der rotbärtige Lehrer, der an einen mittelalterlichen Bauern erinnerte, wiederholte mit biblischer Geduld und einem nie versiegenden Lächeln die schwedischen Wörter, die sie nicht über die Lippen bringen konnten.

Mit großer Geschwindigkeit, ohne den Fuß vom Gas zu nehmen, fuhr er in die nächste Kurve. Als der Wagen dann über die Hinterachse abrutschte und mit dem Heck von der Straße abkam und er schon dachte, dass nun alles zu Ende sei, in diesem entsetzlichen Augenblick, als er sich schon fast freute, dass sich der Wagen wieder fing, bemerkte er, wie ein riesengroßes, braunes Tier auf ihn zuflog.

Seine Gedanken erstarrten, er war wie vom Schlag getroffen. Sofort trat sein Fuß auf die Bremse, doch gleichzeitig war ihm klar, dass er den Wagen nicht mehr zum Halten bringen konnte. Er spürte es mit dem ganzen Körper. Entsetzen breitete sich bis in die feinsten Äderchen seines Körpers aus und ließ sein Blut gefrieren. Er begriff, dass der Haufen Metall unter ihm von unkontrollierbarer Fliehkraft erfasst worden war.

Ein Paar feuchte, riesige Augen schauten ihn an, darüber ein Geweih, das ihm wie eine Halluzination vorkam. Wie im Flug raste er darauf zu, ihn erfasste ein Schauder. Dann schien seine Wirbelsäule zu beben, sein Genick. Er glaubte, eine Explosion zu spüren, in der die ganze Welt zerbersten müsste. Der alte Volvo schlingerte und schleuderte nach dem Zusammenstoß noch etwas weiter und blieb schließlich, nach kurzem Schütteln, quer zur Fahrbahn mit der Front in den Wald schauend, wie leblos liegen.

Die Scheinwerfer leuchteten in die verschneiten Bäume. Der Wald war totenstill. Als sei die Welt zu Eis erstarrt. Sami stieg aus, die Kälte schnitt ihm sofort in die Wangen. Es war, als atmete er Eis ein. Auf dem dunklen Weg lag ein Körper, und daneben bewegte sich etwas. Er stieg wieder in den Wagen und wendete den Volvo in die Richtung, aus der er gekommen war. Dann erst sah er im Scheinwerferlicht die mächtige Hirschkuh auf der verschneiten Straße liegen. Ihr Hirschkälbchen lief um sie herum, leckte ihr das Fell und stupste sie mit der Schnauze.

Samis Herz gefror zu Eis! Er konnte nicht glauben, was er sah. Erneut öffnete er die Tür, stieg aus. Vor ihm auf dem Boden lag eine riesengroße Hirschkuh. Eine Seite ihres Geweihs war nahe am Kopf abgebrochen. Aus ihrem Maul sickerte Blut. Sami kniete bei ihr nieder. Als er die Todesangst in ihren großen, feuchten Augen sah und bemerkte, wie ganz leise Blut aus ihren Augen rann, wurde sein Herz von unerträglichem, überwältigendem Mitleid erfasst. Die Hirschkuh mit Schaum und Blut vor dem Maul, schaute ihn aus verletzten Augen verzweifelt an. Sami streichelte ihren großen, schönen Kopf. Er spürte ihre feste Stirn und fühlte die Lebenswärme, die sie schon bald verlassen würde. Und gleichzeitig bemerkte er, wie das Hirschjunge seine Hand leckte. Es benetzte ihm die Hand mit seiner rosafarbenen, angenehm warmen Zunge und rieb seinen Kopf an ihm.

Sami konnte nicht länger ertragen, wie die Hirschkuh ihn unverwandt ansah und das Junge sich an ihn drückte. Noch eine Sekunde, und sein Herz wäre geborsten. Panik überkam ihn, er rannte über die vereiste Straße zu seinem Volvo. Er trat aufs Gas und stob davon. Nun fuhr er noch schneller als zuvor. Tränen strömten ihm dabei aus den Augen, seine Wangen waren schon ganz nass. Die Abstände seines Seufzens wurden kürzer, hektischer. Ohne Unterlass jammerte er, redete wirres Zeug. Gleichsam als Totenklage für die beiden Hirsche, kamen ihm Zeilen alter anatolischer Hirtenlieder in den Sinn. In einem Lied wurde erzählt, wie das Blut des Hirschs heruntertropfte, wie Ameisen in seine Augen krabbelten. Dann ging es weiter: »Flieh, Gazelle, mit deinem Jungen, da kommt ein fremder Jäger.« Wäre die Hirschkuh nicht im letzten Augenblick noch zur Seite gesprungen, hätte er sie frontal erwischt und den Unfall am Ende nicht überlebt. Das Tier hatte ihn also gerettet, hatte sich aber selbst nicht mehr in Sicherheit bringen können. Nun lag es auf dem Eis und wartete auf den sicheren Tod. Doch was machte das Junge, wenn sie tot war? Würde es schließlich die Hoffnung aufgeben und weglaufen? Oder würde es die ganze Nacht bei ihr ausharren und sie lecken, in dem Glauben, der Mutter wieder Leben einhauchen und sie zum Aufstehen bewegen zu können?

Je klarer sein Verstand wieder wurde, desto deutlicher wurde ihm, dass er etwas sehr Schlimmes getan hatte. War es anständig, das sterbende Tier und das Junge einfach so auf der Straße liegen zu lassen und zu verschwinden? Er murmelte eine weitere Zeile des

Liedes: »Wie viele deiner Jungen hat der Jäger schon geholt?« Nein, er hätte nicht fliehen dürfen.

Doch er war weggerannt, weil sich das Mitleid wie ein Dolch in sein Herz gebohrt hatte. Eigentlich müsste man in einer solchen Situation Mut beweisen. Vielleicht hätte er eine Möglichkeit gefunden, das Leiden des verletzten Hirschs zu verkürzen. Und das Junge hätte er mitnehmen und an einen sichereren Platz bringen können.

Nun bereute er seine Panik und Furcht. Sein Entschluss stand fest. Er wollte zurückkehren und der Hirschkuh und ihrem Kälbchen beistehen. Es musste sein. Deshalb wendete er den Volvo erneut. Wie bitter es auch war, er musste der Wahrheit ins Gesicht sehen. Denn die Erinnerung an diesen Unfall würde ihm nie wieder aus dem Kopf gehen.

In der Dunkelheit sahen alle Kurven gleich aus. In jeder Biegung nahm er das Gas weg und hoffte die Hirschkuh und ihr Junges zu sehen, doch jedes Mal war die vereiste Straße leer. Immer in der Hoffnung, die Tiere zu finden, fuhr er sehr weit und suchte jede Kurve ab. Die Stelle musste er doch längst passiert haben. Doch er fand weder Hirschmutter noch Kälbchen!

Er stoppte in der Kurve, die dem Unfallort am ähnlichsten sah, und suchte alles ab. Ja, hier musste es gewesen sein. An den Reifen- und Bremsspuren sah man es deutlich. Doch weit und breit war nichts vom

Hirsch oder dem Jungen zu sehen. Er fand auch keine Blutspur. Ob wohl Leute, die nach ihm vorbeigekommen waren, die Tiere gerettet hatten? Vielleicht hatten sie die Polizei benachrichtigt und das Nötige veranlasst. Oder war die Verletzung der Hirschkuh gar nicht so schwer, und sie war mit dem Jungen im vereisten Wald verschwunden?

Doch wenn es nicht so war? Waren die Hirschkuh und das Junge, war der Unfall am Ende nur Einbildung? Aber er hatte doch die Wärme des Hirschs, seine harten Schädelknochen der Stirn unter seinen Händen gespürt! Wie konnte er sich so täuschen? Das Hirschkalb hatte ihm doch mit seiner warmen Zunge die Hand geleckt? Wer sich so etwas einbildet, hat ganz und gar den Verstand verloren! Nein, verrückt war er nicht. Gesundheitlich war er zwar nicht ganz in Ordnung, doch hatten ihn die Jahre als Flüchtling hier im Norden noch nicht in den Wahnsinn getrieben. Gott sei Dank!

Nachdem er ein wenig nachgedacht hatte, wusste er, wie er das Problem lösen konnte. Er wollte sich den Volvo genau anschauen und nach Spuren des Zusammenstoßes suchen. Nur ein solcher unwiderlegbarer Beweis konnte ihm seinen Seelenfrieden zurückbringen. Er ging zum Wagen und untersuchte die Frontpartie, ließ seine Finger über die vereiste Karosserie gleiten und suchte nach Spuren des Zusammenstoßes. Doch es war wie verhext, an der Vorderseite des Volvos, der überall sonst eingebeult und zerkratzt war, fand sich kein Schaden oder irgendeine Spur! Das Auto war völlig unversehrt!

Da atmete Sami den eiskalten Abendwind tief ein, bis seine Lungen brannten. Er begriff nun, dass es diesmal ernst war mit dem Krankenhaus. Er war schlimmer dran, als er für möglich gehalten hatte. Tiefe Furcht packte ihn. Angst machte sich in seinem Herzen breit. Der griechische Gott Pan hatte auch ihm – wie allen Menschen – die Fähigkeit zur Panik geschenkt.

Handschriftliche Notizen

Ich bin die Hauptperson dieses Romans und möchte zu dem, was Sie bisher gelesen haben, einige Anmerkungen machen. Was hier aufgeschrieben ist, möchte ich nicht gerade als gelogen bezeichnen; im ersten Kapitel gibt es viele korrekte Aussagen über mein Leben. Der Autor hat sich an das gehalten, was ich ihm erzählt habe. So ist mir die Geschichte mit dem Hirsch tatsächlich passiert und hat mir viel Angst gemacht.

Auch wenn die meisten Vorfälle richtig wiedergegeben sind, war es doch gut, darauf zu bestehen, dass mein Freund mir das Buch zum Lesen gab, sobald er es beendet hatte. So hatten wir es dann auch verabredet. Wenn über jemanden ein Roman geschrieben wird, stellt man ihn gleichsam in grelles Scheinwerferlicht. Als würde er nackt in die Menge an der U-Bahn-Station T-Centralen geworfen. Deshalb wollte ich vor den Lesern das Buch durchsehen, und wenn es etwas enthielte, weshalb ich mich schämen müsste, hätte ich es vor der Veröffentlichung herausstreichen können.

Der Freund, der in Stockholm lebt und Romane schreibt, schlug mir vor, mein Leben zu erzählen. Ich ging auf seinen Vorschlag ein, stellte jedoch die eine Bedingung: Ich wollte den Roman vorher lesen und die Stellen streichen, die mir nicht angebracht schie-

nen. Er hat diese Bedingung akzeptiert. (Er hatte auch keine andere Wahl. Denn so wie ich mich leidenschaftlich für den Film interessiere, war er ganz vernarrt in die Literatur.)

Die Wohnung meines Freundes und seiner Familie war sehr klein. Deshalb hat er zum Schreiben im gleichen Stadtviertel ein billiges Arbeitszimmer gemietet. Ein Raum, wie er an Studenten vermietet wird. Dabei wusste er sehr wohl, dass es verrückt war, sein Geld, das ohnehin nicht reichte, die Familie durchzubringen, dafür auszugeben. Gott sei Dank war das Zimmer wenigstens billig. Ein kleines, einfaches Zimmer mit kahlen Wänden. Hier arbeitete er meistens nachts. Ich habe ihn dort ein paar Mal besucht. Dann hatte ich jedoch das Gefühl, dass ihn meine Besuche störten. Es kam mir vor, als schäme er sich, dass er die Romanfigur vor sich sah, während er gleichzeitig nur mich im Kopf hatte und sich über mich allerlei ausdachte. Der ganze Tisch war mit Schmierpapier bedeckt. Seine Schreibmaschine der Marke Fazit bearbeitete er bis in den frühen Morgen. Bevor er das Buch nicht beendet hatte, wollte er mir nicht eine einzige Zeile zeigen. Wenn es nach ihm gegangen wäre, hätte er mir sowieso vorab nichts davon zum Lesen gegeben. Doch wie ich schon sagte, er hatte keine Wahl und musste sich an unsere Abmachung halten.

Wieso ihn die Leidenschaft, Romane zu schreiben, derart packte, konnte ich nicht verstehen. Hatte er wirklich Talent? Lebte er, wie manche andere, nur für das Schreiben, oder war es nur eine Laune? Wie viele politische Flüchtlinge, interessierte auch er sich für Kultur. Und aus diesem Interesse heraus glaubten viele Flüchtlinge, unbedingt schreiben zu müssen. Die meisten, die ich kannte, verfassten Artikel über die »Gesellschaftlichen Umstände«, über die »Voraussetzungen der Revolution« und dergleichen. Sie veröffentlichten sie in kleinen Blättchen, die sie mit ein paar zusammengekratzten Groschen selbst finanzierten. Dabei fühlten sie sich wie Lenin, der einen Beitrag in der »Izvestija« veröffentlicht hatte. Doch mein Freund interessierte sich mehr für die schöne Literatur. Ich wusste auch später nie recht, ob dieser Roman, den ich zuletzt gelesen habe, gut war und einen literarischen Wert hatte. Ich stand dem Text zu nahe, hatte nicht die Distanz, seine Stärken und Schwächen zu beurteilen.

Ich will noch von einer anderen Besonderheit meines Freundes berichten: Er war sehr dick und sah aus, als hätte er die Elefantiasis. Nun gibt es ja Menschen, die sich trotz aller Widrigkeiten von Kindesbeinen an wohl fühlen in ihrer Haut. Zu ihnen gehörte auch er. Sein fettes, liebenswürdiges Gesicht war immer knallrot. Weil seine Frau so korpulent war wie er, ist das Bett, das sie von Ikea gekauft hatten – wo sich alle Schweden einrichten – ein paar Mal zusammengebrochen. Schließlich musste die Firma extra für sie ein

Bett anfertigen lassen. Wenn sie auf Besuch gingen, achteten sie darauf, sich nicht beide auf dieselbe Couch zu setzen. Wenn sie ein bisschen Geld in die Hände bekamen, ging es für Lebensmittel, Teigmaschinen und andere Küchengeräte drauf. Mein Freund war sehr gesprächig, doch von seiner Frau hörte man keinen Ton. Sie sprach nie, sondern erledigte ihre Arbeiten stumm wie eine Maschine.

Da unser Autor von Kindesbeinen an so entsetzlich fettleibig war, hatte er kaum Freunde. Man weiß ja, wie grausam Kinder sein können. Natürlich hänselten ihn seine Freunde wegen seines extremen Leibesumfangs ständig. Mit diesem Körper und seiner Kurzatmigkeit konnte er keinen Sport treiben oder Spiele mitmachen. Deshalb nehme ich an, dass er eine sehr einsame Kindheit hatte. Wer in der Kindheit einsam war, versuchte sich häufig mit künstlerischen Erfolgen zu beweisen. Ich glaube auch, dass alle Künstler in ihrer Kindheit irgendeine ernste Krise überstehen mussten. Etwa eine Operation, eine Krankheit, oder sie hatten eine Behinderung, weshalb sie keine Freunde gewinnen konnten. Das hat sie später etwas unstet gemacht.

Auch unserem Freund ging es so. Er benutzte mich, um seine Ziele zu erreichen. Es war keine wirklich enge Freundschaft, und ich habe ihm nie vollständig vertraut. Um einen interessanten, erfolgreichen Roman zu schreiben, hätte er mich vielleicht verraten oder eine Menge Lügen über mich erfinden können. Ich selbst hatte nämlich auch keine wirklich engen Freunde. Und wollte auch keine haben. Meine Freunde wussten das nicht, aber ich stand über solchen Beziehungen. Ich versuchte zwar, mich wie sie zu verhalten, doch innerlich bin ich anders. Nun, das war eine Seite meiner Persönlichkeit, die dem bedauernswerten Romanschreiber verborgen blieb. Er hielt mich für irgendeinen dieser Menschen, die eine politische Vergangenheit hatten und die es nun in dieses nordische Exil verschlagen hatte. Was mir passiert war, fand er interessanter als mich selbst. Diese tief verwurzelte, dunkle Seite in mir hat er nicht erkannt. Denn man lernt die Menschen nicht durch Reden kennen. Die Sprache ist unter den Lebewesen das wirkungsloseste Kommunikationsmittel. Sie lügt, entstellt, wiederholt Klischees, deren die Menschen nie überdrüssig werden. Deshalb reicht es nicht aus, den Menschen zuzuhören, um sie zu verstehen.

Als ich das Manuskript las, das auf billigem Papier auf einer schrottreifen Maschine getippt worden war, die manche Buchstaben nicht mehr richtig anschlug – zum Beispiel setzte sie das im Türkischen häufig vorkommende K höher als die Zeile –, ärgerte ich mich an einigen Stellen. Manchmal lachte ich auch laut ... Einmal über mich selbst, ein anderes Mal über meinen Schriftstellerfreund.

Vieles war richtig, und eigentlich stand auch nichts

in dem Buch, dessen ich mich schämen müsste. Ja, er hat sich an das gehalten, was ich ihm erzählt hatte. Doch um die Ereignisse etwas auszuschmücken, hatte er sie durch eigene Eindrücke und Erfahrungen ergänzt. So beruhte die übertriebene Bahnhofsszene bei meiner Ankunft in Stockholm auf seinen eigenen Beobachtungen. Oder besser, auf seiner ganz persönlichen Wahrnehmung ... Denn wenn ich zurückschaue, dann verstehe ich immer besser, dass wir nichts in Stockholm sehen konnten, wie es war. Alles in der Stadt brachte uns auf. Sogar, dass die Züge und Busse auf die Minute pünktlich kamen, irritierte uns. Warum zum Teufel verspäteten sie sich denn nie? Wir fanden diese Stadt schmutzig, dunkel und unheilvoll. Denn eine Stadt, in der wir in Verbannung lebten, hatte eben so zu sein. Deshalb war auch die Szene auf dem Bahnhof maßlos übertrieben. Aber ich habe nichts gegen solche Ausschmückungen, ich mache ihm deswegen keinen Vorwurf. Schließlich gehört es zum Romanschreiben, tausend Einzelheiten zu erfinden. Aus diesem Grund weiß ich auch nicht, was ich herausstreichen soll. Hätte ich ihn aufgefordert, diesen oder jenen Teil zu überarbeiten oder zu streichen, den einen oder anderen Satz zu ändern, er hätte es sofort getan. Doch ich hatte nicht das Bedürfnis danach.

Aber etwas stimmte trotzdem nicht. Ich fühlte, dass da etwas fehlte. Er schilderte mich aus seiner äußeren

Sicht, reihte ein Ereignis ans andere. In den folgenden Kapiteln kommen auch meine Freunde vor. Wir waren alle wie Schauspieler in seinem Stück. Ich spielte die Hauptrolle. Er hatte sich nicht gescheut, einige Geheimnisse preiszugeben, die ich ihm erzählt hatte. Das war wohl richtig, denn nachdem ich sie einmal ausgeplaudert hatte, waren sie sowieso heraus. Und was ich ihm nicht erzählt hatte? Was ich niemandem auf der Welt erzählt hatte? Was würde er damit machen?

Um das Gefühl zurückzudrängen, dass etwas fehlte, hatte ich während des Lesens angefangen, meinerseits Anmerkungen hinzuzufügen. Nach jedem Kapitel, das ich las, nahm ich ein leeres Blatt und begann zu schreiben. Einen Anhang zum ersten Kapitel, einen zum zweiten. Da bemerkte ich, dass meine Anmerkungen immer länger wurden und ihre eigene Form fanden. Ich wusste nicht, wie ich dem Autor so viele Seiten unterjubeln sollte. Fünf oder zehn Korrekturen hätte er vielleicht nicht zurückgewiesen, aber wie sollte er Zusätze vom Umfang eines eigenen Romans in sein Buch einfügen?

Eines Nachts kam ich auf eine interessante Idee. Warum sollten wir denn, was er geschrieben hatte, nicht mit meinem Text zusammen veröffentlichen? So würde das Buch doch viel reicher und tiefgründiger werden. Auch hätten wir die innere und die äußere Sichtweise miteinander verbunden. Natürlich waren seine Sätze etwas literarischer, meine dagegen eher schlicht. Unser Stil war unterschiedlich. Doch gerade das konnte ein Vorteil sein. Vielleicht konnte ich ihn mit dem Argument überzeugen, es handele sich hier um eine neue Form des Romans. Ich wollte ihm auch noch eine Frage stellen, die ihn überzeugen würde: Wären wir nicht froh, wir könnten in »Schuld und Sühne« Raskolnikows Anmerkungen lesen? Wenn dieser Student mit Strohhut kritische Anmerkungen zu dem großen Dostojewski verfasst hätte? Tatsächlich war ich nicht so mutig wie Raskolnikow, und auch er war nicht so begabt wie Dostojewski. Um ganz ehrlich zu sein, er konnte ihm natürlich nicht das Wasser reichen, dennoch haben wir wenigstens versucht, in unserer engen und kalten Flüchtlingswelt etwas auf die Beine zu stellen. Und diese Struktur hatten wir ja nicht erfunden, um etwas formal Neues zu schaffen, sie ist vielmehr von selbst entstanden. Oder besser gesagt, ihre Notwendigkeit hatte sich erwiesen.

Als ich ihm meine Gedanken vortrug, wurde er ärgerlich. Damit hatte ich schon gerechnet. Er machte ein Gesicht wie ein geprügelter Hund. Doch wie gesagt, er hatte keine Wahl.

Da ich gerade von einem Hund spreche, fällt mir gleich ein wesentlicher Mangel des Buches auf.

Ich habe ein Leben lang wie ein Hund gelebt, doch inzwischen habe ich mich fest entschlossen, zur Katze zu werden. Von jetzt an eine Katze sein. Und genau das war einer der wichtigsten Punkte, die der Autor nicht über mich wusste. Nun gab es in meinem Leben keinen Platz mehr für hündisches Katzbuckeln, für Abhängigkeit und Versuche, andere an mich zu binden. Ich wollte mir nicht mehr den Kopf kraulen lassen und um Liebe und Wärme bettelnd den Menschen um die Beine streichen. Um liebenswürdig zu erscheinen, wollte ich nicht mehr mit dem Schwanz wedeln und mein behaartes Hinterteil schwenken. Schluss damit. In den Jahren als Hund habe ich alles mitgemacht. Und nicht zu knapp. Aber das hat mich nur unglücklich gemacht. An den Rand des Todes hat es mich gebracht. Eine Situation, schlimmer als der Tod selbst. Ich habe es am eigenen Leib erfahren. Wegen der Abhängigkeit habe ich fast den Verstand verloren. Mein Inneres war pechschwarz. Eine rabenschwarze Dunkelheit, die ich nicht herausreißen, herauskotzen und abschütteln konnte. Ich trug diese Dunkelheit immer in mir. Wie das Lebewesen in dem Film, in dem Sigourney Weaver mitspielte, wartete ich darauf, dass mein Magen aufreißen und sich nach außen stülpen würde, doch dazu kam es nie.

Es war, als hätte ich in dieser Zeit vergessen zu leben. Das musste man sich einmal vorstellen. Ich hätte nicht geatmet, wenn ich mich nicht ständig selbst ermahnt hätte: »Du musst atmen!«

Und es ist mir so gegangen, weil ich mich wie ein

Hund abhängig gemacht, weil ich um Liebe und Mitleid gebettelt hatte. Weil ich falsche Vorstellungen hatte von dem Wesen, das man Mensch nennt. Weil ich glaubte, die Welt sei hell, warm und barmherzig. Alle Hunde sind nämlich naiv.

Doch nun bin ich eine Katze: eine distanzierte, selbstbestimmte, kaltblütige und starke Katze. Ich bin eine von den dreihunderttausend Katzen-Mumien aus Beni Hassan, im alten Ägypten. So kaltblütig wie sie, so stark und stolz wie sie.

Das alles hatte mich Sirikit gelehrt. Von meiner Beziehung zu ihr weiß weder der Autor noch sonst irgend jemand. Das war auch nicht nötig. Erst jetzt werden Sie das erfahren. Ich lebte mit Sirikit zusammen. Und das Wichtigste: Nicht ich hatte sie erwählt, sie hat sich für mich entschieden. In unseren Romanen und Filmen, wie auch im wirklichen Leben, werden Katzen immerzu von Autos überfahren, und ihre Besitzer beweinen sie. (Wie man weiß, wird Michael Caines Katze überfahren. Sein Diener findet eine ähnliche Katze und verschweigt ihm den Unfall. Sie erinnern sich?) Sirikit hat genau das Gegenteil erlebt.

Sie war die Katze von Katherine, einem grobschlächtigen jungen Ding, das in unserem Viertel wohnte. Wie viele schwedische Mädchen trug sie keinen Büstenhalter. Und ihre riesigen, weißen Brüste, die seitlich aus ihrem Trägerkleid hervorschauten, erregten große Aufmerksamkeit. Katherine tanzte am Wochenende in der

Taverne, bis sie ganz außer sich war und die Stellen unter ihren Achseln vom Schweiß große, feuchte Flecke bekamen. Dann schleppte sie den erstbesten Jungen ab, der ihr über den Weg lief. Unter diesen waren auch einige Flüchtlinge. Später erzählten sie sich dann in den leuchtendsten Farben alle Einzelheiten der Liebesnacht mit dem Mädchen. Und immer wieder erwähnten sie ihre außergewöhnlichen sexuellen Vorlieben.

Zu dieser Zeit mussten wohl die »Schwarzköpfe«, die sich fern ihrer Heimat befanden, bei den schwedischen Mädchen ein Gefühl von Exotik gemischt mit Mitleid erregt haben, sodass es auch der rotznäsigste Flüchtling schaffte, mit schwedischen Mädchen zu schlafen. Erst einige Jahre später kamen die Schweden wohl zu der Überzeugung, dass ihr Wohlfahrtssystem ausgenutzt würde, und hatten langsam genug von den »hinterhältigen und bösartigen Ausländern«. Deshalb blieb den dunkelhaarigen Männern bald nichts weiter übrig, als in Discos und Nachtklubs zu gehen und sich dort bei den Mädchen einzuschmeicheln.

Sirikit hatte sicherlich zu Hause Samstag nachts viele Männer gesehen. Vielleicht schien die Katze deshalb nicht allzu bekümmert, als Katherine eines Tages von einem Autobus überfahren wurde. Das Mädchen lief völlig betrunken mitten in der Nacht vor den Bus. Es half nichts, dass der Fahrer mit aller Kraft auf die Bremse trat. So starb sie in der Nacht zum 21. Januar, als klirrende Kälte den Schnee in Eis verwandelte.

Nach Katherines Tod erfreute sich Sirikit einige Zeit der Anteilnahme der Nachbarn und stand im Mittelpunkt des Interesses derer, die sie gerne übernehmen wollten. Doch Sirikit zeigte ihnen die kalte Schulter. Man stellte ihr die ausgewähltesten Whiskas-Töpfchen hin, doch sie grüßte ihre Wohltäter nicht einmal. Die ihr Milch hinstellten, würdigte sie keines Blickes. Und keinem von ihnen warf sie einen Blick zu, der Dankbarkeit ausdrückte. Wenn sie mit Zunge und Pfote ihr vornehmes Maul putzte, gab es keinen Zweifel darüber, dass sie sich niemandem verpflichtet fühlte ...

Doch was sagen Sie dazu, was dann passierte? Sirikit, die wegen der Aufmerksamkeiten, die man ihr nach Katherines Tod erwiesen hatte, als verwöhnt galt, erwählte sich aus allen Leuten ausgerechnet mich. Sie setzte sich auf dem Fußabtreter vor meiner Tür würdevoll in Positur. Sie hatte sicher mein Talent, mich zur Katze zu wandeln, erspürt. Ihr Kommen beinhaltete keine Frage oder Bitte, es war mehr eine Mitteilung. Die Königin gab mir die Ehre.

Als sie meine Wohnung betrat, musterte sie ihre neue Umgebung. Sie stellte fest, an welchen strategischen Stellen sie sich zum Schlafen zusammenrollen konnte. Sofort belegte sie die Plätze auf dem obersten Brett im Bücherregal und auf der breiten Armlehne des dunkelblauen Sessels. Es wurde ihr dann zur Gewohnheit, von diesen gesicherten Stellen aus die

Umgebung zu beobachten. Sie saß dort stundenlang, nickte ein, und wenn sie wach war, beobachtete sie mich und alles, was im Haus vorging. Und auch ich hatte sie im Blick. So pflegten wir einander ausführlich zu betrachten.

Es war ganz klar, dass sie keine Liebe erwartete. Sie strich mir nicht um die Beine, machte keinen Buckel und sprang mir nicht auf den Schoß oder lief neben mir her. Sie blieb für sich, distanziert, kühl und stumm. So war auch ich. Ich habe nie versucht, sie auf den Schoß zu nehmen und zu streicheln, nie meine Hand ausgestreckt, um ihr den Kopf zu kraulen. Dazu fehlte mir ohnehin der Mut. Mir war sonnenklar, dass Sirikit mir niemals solche schmalzigen Liebesbezeugungen erlauben würde.

Um zu erkennen, dass sie eine Siamkatze war, musste man ihren Namen nicht kennen. Kalte, blaue Augen, ein seidiges Fell und ein dreieckiges Gesicht, große Ohren und ein langer Schwanz machten sie zu einer prächtigen Vertreterin ihrer Art. Sirikits Vorfahren hatten viele Jahrhunderte lang den Königspalast Siams beschützt. Damals kannte hier noch kein Mensch diese Katzen. Bis im Jahre 1884 der König von Siam dem scheidenden englischen Konsul Gould als Abschiedsgeschenk eine königliche Katze schenkte. Sie rief in England bei Katzenliebhabern ungläubiges Staunen hervor. Diese Katzen galten gleichsam als Verwandte der königlichen Familie. Es wird berichtet, *dass einmal eine Prinzessin, während sie im Fluss schwamm, ihren Ring abzog und der Katze auf den Schwanz steckte, um ihn nicht zu verlieren. Die Katze rollte den Schwanz ein und verhinderte so, dass der wertvolle Ring herunterfiel. Seit diesem Tag werden die Siamkatzen mit einem am Ende gebogenen Schwanz geboren. Und Sirikits Schwanz war genau so. (Alles das hatte ich aus einem Buch über Katzen erfahren, das ich in meinem Parka verborgen in der Buchhandlung der Akademie geklaut hatte, nachdem ich meine prächtige Gefährtin kennen gelernt hatte.)*

Sie schloss sich niemandem an. So wie sie sich nicht von Katherine abhängig gemacht hatte, ließ sie sich auch mit mir nicht auf eine enge Verbindung ein. Sollte ich unter einem Omnibus enden – das war klar –, würde sie am nächsten Tag sich jemand anders suchen. Daher musste ich mich ebenso verhalten. Wenn Sirikit überfahren oder vergiftet würde, wenn sie an Tollwut oder sonst irgendwie umkäme, würde ich nicht mit der Wimper zucken, sondern mir sofort eine neue Katze besorgen. Das war doch ganz natürlich. Andere Menschen würden vielleicht über die Maßen leiden. Vor vielen Jahren hätte auch ich das so empfunden ...

Nein! Das habe ich dem Autor nicht erzählt. Eigentlich sollte ich auch Ihnen nichts davon erzählen. Nehmen Sie es mir nicht übel. Wenn der Autor mit kleinen Schwindeleien Ihr Interesse gewinnen will, greife ich korrigierend ein und halte doch selbst die Wahrheit zurück. Was mich verändert hat, was mich zu einem anderen Menschen gemacht hat, mich von einem fröhlichen und naiven Hund in eine kühle und distanzierte Katze verwandelt hat, das bleibt mein Geheimnis ...

Zu seinen Fehlern gehört auch, mich als politische Person zu zeichnen. In jenen Jahren in Ankara kam niemand darum herum, eine politische Haltung einzunehmen. Doch ich war kein Linker, war nie ein Sozialist. Aber auch kein Rechter. Ich war gar nichts, wollte mich in keine Schablone pressen lassen. Mir kam es sehr komisch und sinnlos vor, dass sich die Studenten in Rechte und Linke aufteilten, dass sie sich in der Mensa prügelten, sich mit Messern stachen und sogar töteten. Die meisten gaben sich als Rechte oder Linke aus, weil ihr Freundeskreis es verlangte.

Politik war eine ekelhafte Sache. Ich habe in dieser Zeit massenhaft Bücher über das Kino verschlungen, habe in einem umfangreichen Wälzer über Szelnick das Abenteuer des amerikanischen Films verfolgt, mich mit dem Leitfaden Stanislawskis für Schauspieler vertraut gemacht und jede Menge Filme angeschaut. Eigentlich war es damals in Ankara ein Verbrechen, für Stanislawski zu schwärmen. Nein, ich scherze nicht, es war ein schweres Vergehen. Man konnte sich wegen des russischen Theaterregisseurs leicht eine blutige Nase holen, denn die Intellektuel-

len glaubten, dass Brecht besser zur Arbeiterideologie passte. Die kapitalistische Ordnung, die bewirkte, dass sich die Gesellschaft entfremdete, sollte, auf der Bühne verfremdet, ihr wahres Wesen zeigen. Daher sollte der Schauspieler zwar in seiner Rolle leben, sie aber auch kritisieren. Vielleicht habe ich als Reaktion darauf Stanislawskis Bücher gelesen und mich seiner Einstellung angenähert, nach der ein Schauspieler sich als Schauspieler verstehen sollte. Denn ich mochte die Linken nicht. Ich mochte auch die Rechten nicht. Ich mochte niemanden, denn die Menschen verletzten mich. Ich konnte meine Beziehungen zu ihnen irgendwie nicht richtig regeln, konnte mich nicht natürlich verhalten. Daher habe ich mir die vielen Filme angeschaut, statt mich mit Leuten zu treffen.

Wie ich schon sagte, war ich kein politischer Flüchtling. Dennoch hielt mich in Stockholm jeder dafür. Wenn Sie mich also fragen, weshalb man mich für einen politischen Flüchtling hielt, dann hängt das mit dem Wendepunkt zusammen, von dem ich Ihnen noch nicht berichtet habe. Denn nicht bei mir ging es um Politik, sondern bei ihr, sie war mein Leben.

Nun wunderst du dich, nicht wahr, lieber Autor? Nun geht dir langsam auf, dass du mich, den du zu kennen glaubtest, überhaupt nicht kennst. Wenn du diese Zeilen liest, meinst du vielleicht, ich hätte dich zum Besten gehalten, hätte dich betrogen, hätte dich herabgewürdigt. Glaube mir, all dies, diese extremen

Gefühlsduseleien habe ich längst hinter mir gelassen. Damit bin ich im Vorteil. Denn was du einmal niedergeschrieben hast, ist aufgeschrieben, und du hast keine Chance mehr, es zu ändern. Ich dagegen kann jetzt deinen Text kommentieren, und ich habe gerade erst damit angefangen.

2

Sieben Tage nach diesem Vorfall befand sich Sami Baran im zweiten Stock des Krankenhauses in der psychiatrischen Abteilung und dachte darüber nach, wie er seine Welt, die in zwei Teile zerfallen war, wieder zusammenbringen könnte.

Er teilte sein Zimmer mit zwei alten schwedischen Männern, und wenn er sich im Bett etwas aufrichtete und umschaute, sah er im Garten ein Bassin mit einem Springbrunnen.

Er wunderte sich sehr über die strikte Ordnung, die hier herrschte, und dass die Schwestern so viel Verbundenheit zeigten, wie das sonst nur wirkliche Schwestern zu tun pflegten. Außerdem sah es hier gar nicht nach Krankenhaus aus. In der Türkei waren die Kliniken von strengem Medikamentengeruch erfüllt. Das hatte ihn schon als Kind immer sehr geängstigt. Außerdem hing dort Essensduft in der Luft, der Geruch haftete sogar am Essgeschirr aus Aluminium und war nicht wegzukriegen. Hier roch es weder nach Essen noch nach Medizin. Auf den Fluren standen Töpfe mit Pflanzen, und die Bilder an den Wänden zeigten das Meer, Schiffe und Blumen. Auch die Aufenthaltsräume, wo man fernsehen konnte, waren sehr gemütlich eingerichtet. Dass es den Kranken in der psychiatrischen Abteilung erlaubt war, die eigene Alltagskleidung zu tragen, war für ihn das Wichtigste. So kam es, dass er sich hier wie im Hotel fühlte.

Dennoch begann der erste Tag im Krankenhaus in tiefem Pessimismus. Er hatte keine Ahnung, wie lange er hier bleiben sollte. Dazu befürchtete er, dass die Ärzte seinen Zustand nicht bessern konnten. Und was sollte er den ganzen langen Tag im Krankenhaus machen? Wie sollte er die Zeit herumkriegen? Wie dem auch sei, die Antwort auf seine niedergeschlagenen Fragen sollte er noch an diesem Abend bekommen. Von der Schwester, die sein Zimmer betrat.

Die hübsche Krankenschwester – später erfuhr er, dass sie Gunilla hieß, und freundete sich mit ihr an – erzählte ihm, dass es im Krankenhaus noch einen weiteren türkischen Patienten gab, und erklärte ihm den Weg zu dessen Zimmer.

Der andere Türke war ein alter Mann mit einem Gehirntumor, der im selben Stockwerk im Flur gegenüber untergebracht war. Durch Gunillas Information geriet noch am gleichen Abend Samis Leben gründlich durcheinander.

Mitten in der Nacht verließ er sein Zimmer und ging in den anderen Korridor hinüber. Er suchte das Zimmer 605, von dem ihm Gunilla berichtet hatte.

Weit und breit war niemand zu sehen. Der Dienst habende Arzt und die Nachtschwester saßen sicher in ihrem Zimmer. Als er die Tür des Zimmers 605 vorsichtig öffnete und eintrat, sah er in dem Einzelzimmer einen alten Mann schlafend im Bett liegen. Er hatte vorspringende Wangenknochen und dunkle Haare. Mit einem Mal kam es Sami vor, als kenne er dieses Gesicht, als hätte er es schon einmal gesehen. Diese dichten, ungestümen Augenbrauen, der ungewöhnlich große Abstand zwischen Mund und Nase und der dunkle Schatten dichten Bartwuchses auf dem rasierten Gesicht, das kam ihm bekannt vor.

Er sah die hilflosen Hände voller brauner Altersflecken wie zwei kleine Tiere regungslos auf der Bettdecke liegen. Sami wunderte sich, dass ihn dieser Anblick so erregte und sein Herz wie verrückt schlug.

Wie kam er auf den Gedanken, sich die Tafel mit den Krankendaten am Fußende des Bettes anzusehen? Doch kaum hatte er sie gelesen, war ihm klar, dass seine Aufregung wohlbegründet war. Er war diesem Mann nie persönlich begegnet, aber er hatte sein Bild in der Zeitung gesehen. Nun, in dem schwach beleuchteten Zimmer, empfand er ein überaus starkes Gefühl von Nähe, die von dem Mann ausging, der zusammengerollt auf dem Bett lag.

Dies war der Mensch, den Sami in seinem ganzen Leben am meisten verabscheut hatte. Sein Feind, dem er lange Zeit den Tod gewünscht hatte. Und nun erkannte er, dass er ihn sehr leicht umbringen könnte. Dies machte Sami geradezu trunken, wie durch ein anregendes Getränk, dessen man nie überdrüssig wird. Er brauchte nur ein Kissen auf das Gesicht mit den hervorspringenden Wangenknochen und dem faltigen Hals zu drücken, das hätte schon gereicht. Doch vielleicht erwarteten den Mann im Krankenhaus noch starke, unerträgliche Schmerzen. Da wollte er doch lieber Zeuge seines Todeskampfes sein; wollte aus nächster Nähe sehen, wie sich sein Gesicht verkrampfte, wie die Furcht in seinen Augen wuchs.

Im Dämmerlicht sah er, dass er dunkle, schwarzblaue Ringe unter den Augen hatte und wie ein ganz gewöhnlicher Mann da lag, dem die Haare aus den Ohren sprossen. Seine fleckigen Hände auf der Bettdecke sahen widerwärtig aus. Auf dem Nachttisch eine Flasche Eau de Cologne und ein Buch.

Lautlos schlich er aus dem Zimmer. Über den Korridor, dessen Boden sogar im Dämmerlicht glänzte, ging er zu seinem Zimmer zurück. Später legte er sich hin, dann stand er wieder auf und legte sich erneut hin. Er konnte sich nur mit Mühe zurückhalten, wieder in das Zimmer des Mannes zu gehen. Schließlich betrat er den »Rökrum«, der für die Raucher reserviert war. Dort saß er lange und rauchte Zigaretten. Nichts war mehr wie zuvor. War er es? War er wirklich der Mann? Sah er denn aus wie auf den Bildern in den Zeitungen? An einen solchen Zufall konnte man nur schwer glauben. Wie war das möglich? Sein Leben in Ankara kam ihm vor, als läge es tausend Jahre zurück. Doch nun war ein Gespenst aus dem früheren Leben hier im Krankenhaus aufgetaucht.

Während er noch darüber nachdachte, erfassten leichte Zweifel sein Herz. Hatte er wieder ein Phantom gesehen? Es würde die Ärzte sicher nicht verwundern, wenn ein Psychiatriepatient im gleichen Krankenhaus seinen ärgsten Feind erkennen würde. Je länger er darüber nachdachte, desto mehr kam er zu der Überzeugung, dass er sich geirrt hatte. Der Mann, der dort im Bett lag, war wohl ein kranker Schwede, den er mit seinem Feind verwechselte.

Und doch ... Hatte er nicht mit eigenen Ohren gehört, wie ihm Gunilla sagte, dass im Krankenhaus noch ein weiterer Türke liege? War das vielleicht auch nur eine Halluzination? Hatte er nicht auf dem Krankenblatt den Namen des Ministers gelesen? Das Beste würde sein, noch einmal hinzugehen und nachzuschauen. Dann konnte er feststellen, ob er der fragliche Mann war oder nicht. Doch zunächst wusch er im Waschbecken sein Gesicht und ließ sich sogar eiskaltes Wasser über das Genick laufen. Dann schlich er wieder lautlos auf den Flur hinaus und ging zum Zimmer 605. Er trat an das Fußende des Bettes. Er hatte sich nicht geirrt. Der Mann, der krank und armselig im Bett lag, war sein Feind. Er sah elend aus, seine Wangen waren eingefallen. Dieses Gesicht, nun von vielen braunen Flecken bedeckt, war genau dieses Gesicht. Die Augen waren geschlossen, aber er erkannte es. Hundert Mal hatte er es in den Zeitungen gesehen. Also, er war es! Es passte alles zusammen, es gab keinen Widerspruch.

Die Schweden waren im medizinischen Bereich sehr fortgeschritten, und aus vielen Ländern kamen Kranke. Und türkische Staatsmänner und Offizielle ließen sich gerne im Ausland behandeln. Kein Wunder, mussten sie doch nicht einen Cent aus der eigenen Tasche dafür hinlegen. Alle Kosten übernahm der Staat. Allerdings fuhren diese Typen lieber in die USA und ließen sich dann in Cleveland Bypass-Operationen machen. Für den pensionierten Minister hatte man wohl eine Behandlung in Schweden für ausreichend gehalten. Während er diesen Gedanken nachhing, schaute Sami wieder auf das Krankenblatt und las zur Sicherheit noch einmal den Namen. Doch blieb noch ein kleiner Funken des Zweifels aufgrund seiner Erfahrungen mit dem Hirsch. Um auch noch diese letzte Ungewissheit auszuräumen, näherte er sich dem Kranken und berührte ihn an der Stirn. Sie war schweißnass und heiß. Wie bei dem Hirsch fühlte er den harten Schädel unter der Stirn. Da begann der Kranke sich unruhig herumzuwälzen, und vom Gang her hörte man Schritte. Sicher machte die Schwester ihre nächtlichen Rundgänge. Vielleicht wollten sie den Kranken wecken und Fieber und Blutdruck messen. Sofort verließ er das Zimmer, aber er traf auf keine Schwester. Vielleicht war sie in ein anderes Zimmer gegangen. Vor Aufregung schlug sein Herz ganz wild, als er in sein Zimmer zurückging. Er streckte sich auf dem Bett aus, heftete seinen Blick im Dämmerlicht an die Decke und dachte lange nach.

Als Sami sein Land verlassen hatte, schien dieser Mann noch kerngesund, von kräftigem Körperbau, Furcht einflößend, mächtig und unbarmherzig – und das wichtigste, er war Minister. Zwischen ihm und Leuten wie Sami standen Institutionen, ledergepolsterte Türen, Privatsekretärinnen und schwarze Limousinen, die mit Polizeischutz vorbeiglitten. Vor seinem Auge stieg ein Winterabend in Ankara auf. Der rußige Rauch aus den Fabrikschloten versuchte, dem dicht fallenden Schnee das Weiß zu nehmen. Er fror nicht, aber die wärmende Kraft der heißen Tüte mit gerösteten Kastanien in seiner Hand machte ihn froh. Selbst die Stare schwiegen, die in den Bäumen des Atatürk Boulevards nisteten und deren Geschrei gewöhnlich in der ganzen Gegend zu hören war. Samis rechter Schuh war undicht. Er wartete auf jemanden, den er nicht mochte, aber unbedingt treffen musste. Da wurde unversehens die ganze Straße gesperrt, alle Fahrzeuge mussten halten, und der Konvoi genau dieses Ministers rauschte vorbei, wie eine göttliche Macht, die nicht von dieser Welt war.

Als er sich nach diesem Abend voller Aufregung und Herzklopfen endlich gegen Morgen ins Bett legte, war er wie betäubt. Später schreckte er aus dem Schlaf auf, als wollte er sich nochmals versichern, dass sein Erlebnis kein Traum gewesen war. In seinem Zimmer mit vier Betten schliefen die beiden schwedischen Patienten tief und fest. Als er begriff, dass er nicht geträumt hatte, ergriff ihn tiefe Abscheu. Es gab diesen Mann wirklich. Und er lag wehrlos, alt und krank im Flur gegenüber.

Sami schlief wieder ein. Er erwachte wieder und setzte sich mit einem Ruck auf. In diesem kurzen Moment hörte er die Bombe explodieren. Die Magazine wurden geladen und geleert. Stille erfasste die Szene. Dann explodierte noch eine einzelne Bombe. Man sah ein helles Licht, das die nackte Nacht zerriss. In diesem Licht drehte und drehte sich ein Vogel mit herausgerissenen Augen. Jetzt drang stetes Weinen an sein Ohr. War es seine Mutter, die weinte? War es ein anderer? Oder hatten die Stare wieder angefangen zu schreien?

Sami war in Schweiß gebadet. Dabei dachte er: »Dieser Mann ist meine Vergangenheit. Meine verfluchte Vergangenheit.«

Dann hielt er es nicht länger aus, ging zum Telefon in der Eingangshalle und warf eine Krone ein. Er rief im Haus am See an. Nach langem Klingeln war Kristina am Draht. Er hatte sie geweckt. Sie gab sich keine Mühe, ihren Ärger zu verbergen. Er verlangte Adil zu sprechen. »Komm ins Krankenhaus«, sagte er zu ihm, »ich habe eine Überraschung für dich!«

3

Nachdem er seinen ersten harten Winter als politischer Flüchtling überstanden hatte, war er durch die Vermittlung von Bekannten in das Haus am See gezogen. Vom Fenster seines Zimmers unter dem Dach konnte er hohe, traurige Tannen und das Schilfdickicht am Ufer sehen. Im Sommer schwammen Rudel von Enten in allen Regenbogenfarben herum. Man erreichte das Haus über einen schmalen Pfad durch den Wald. Es war ein altes, zweistöckiges, geräumiges Holzhaus, das wie viele Häuser im Norden gelb angestrichen war. Man erzählte, es sei einst für die Besuche des Königs errichtet worden. Überall im Haus spürte man eine unausgesprochene, melancholische Stimmung. Nicht der nördliche Himmel, der in den Sommernächten den See rot erleuchtete und dessen Licht bis ins Haus drang, und auch nicht die Segelboote, die man durch die Tannen sah, oder das Zwitschern der Waldvögel und der Harzgeruch konnten diese melancholische Stimmung stören.

Kristina mit den großen Brüsten, bei der sie wohnten, hatte ihr Haus für die politischen Flüchtlinge geöffnet. Im Erdgeschoss lebte ihre alte Mutter, die sehr von sich eingenommen war. Nur wenige fanden sie sympathisch. Mutter und Tochter sprachen nie miteinander, sahen sich nie. Kristinas Mutter kochte täglich Gerichte, die einen seltsamen Geruch verbreiteten. Sie ließ sich nur sehr selten im oberen Stock blicken und ging den dunkelhaarigen Flüchtlingen möglichst aus dem Weg. Im Erdgeschoss wohnte in einem weiteren Teil des Hauses noch Kristinas Bruder. Doch niemand hatte ihn je zu Gesicht bekommen. Seit vier Jahren hatte er das Haus nicht verlassen. Er lebte allein und sprach mit keinem ein Wort. Aus seinen Räumen drang den ganzen Tag lang arabische Musik wie ein Nebel durchs ganze Haus und verbreitete eine schwermütige Stimmung, der kein Hausbewohner entfliehen konnte. Doch es gab noch ein weiteres Lebewesen im Haus: einen großen tapsigen Hund. Er lief herum und verstreute überall seine weißen Haare. Sie blieben an jedem hängen. Sami traute sich kaum, sich irgendwo niederzulassen, denn er brauchte danach wenigstens eine Stunde, um sich wieder von den Haaren zu befreien. Sie hatten das Tier kastrieren lassen, was nun – wie es hieß – Probleme bereitete. Eines Tages konnte es Adils Frau Necla nicht mehr mit ansehen, wie die Essensreste mitsamt Teller dem Hund hingestellt wurden. Sie konnte es nicht länger ertragen, dass der Hund mit seiner langen, rosa Zunge ihren Teller abschleckte. Am nächsten Morgen besorgte sie Pappteller.

Von allen Hausbewohnern schenkte die Mutter dem Hund die größte Beachtung. Nur er – so viel stand fest – konnte ihr altes Herz erwärmen!

Im Haus wohnten außer Sami, Adil und seiner Frau Necla noch ein Junge namens Orhan und Göran. Später zog dann noch Clara ein. Sie war Chilenin und die Freundin von Göran. Außer den schwedischen Bewohnern waren alle im Haus politische Flüchtlinge. Und ihre Namen waren nicht echt. Niemand verwendete hier seinen wirklichen Namen.

Unstimmigkeiten gab es auch wegen der Liste, die Kristina jeden Tag über den Wasserhahn hängte. Darauf stand, wer spülen musste. Das war zu der Zeit, als sie noch nicht von Papptellern aßen. Welch eine Herabsetzung, seinen Decknamen auf solch einer Abwaschliste zu sehen! Schließlich hatte sich ja jeder einen besonders ehrenvollen ausgesucht, eine symbolträchtige Erinnerung an große Kämpfe der Vergangenheit. Sie schauten Kristina tief in die Augen – sie schien ihre Augäpfel gegen eisige Glaskugeln ausgetauscht zu haben – und versuchten sie davon zu überzeugen, dass die Liste überflüssig sei. Die Größe ihrer vergangenen Kämpfe, die tausend Schwierigkeiten, mit denen sie gerungen hatten, blieben dabei nicht unerwähnt.

Schlimm daran war, dass Kristina trotz der vielen Gespräche überhaupt nichts begriff. Warum man die Liste abschaffen sollte, konnte sie einfach nicht verstehen. Schließlich fand Clara die Lösung. Als sie von den dauernden Diskussionen nach dem Essen genug hatte, stand sie eines Tages auf und ging zum Spülbecken mit dem schmutzigen Geschirr. Sie drehte sich zu Kristina, Sami, Orhan, Necla, Adil und zu Göran um und sagte: »Von jetzt an werde ich jeden Tag spülen.«

Sami war tief bewegt von dieser Demonstration selbstloser, beschützender Fraulichkeit. Clara würde sich beim Spülen nichts vergeben, ganz im Gegenteil, bei diesen flinken Bewegungen kamen ihre zierlichen Reize bestens zur Geltung. Als er Kristinas missbilligende Blicke sah, begriff er, dass sie Claras Verhalten bestimmt mit der Unterdrückung der lateinamerikanischen Frau erklärte. Die Oberflächlichkeit dieses Gedankens erfüllte ihn mit Widerwillen.

Vom ersten Tag an war Sami heimlich in Clara verliebt. Er hielt sie für eine Nachfahrin der Indios mit ihren glänzenden, dunklen Haaren und den kohlschwarzen Augen, in denen er einen Ausdruck von Trauer sah, den er nicht beschreiben konnte. Er konnte sich nicht sattsehen an dem winzigen Leberfleck auf ihrer Nasenwurzel. Dieser winzige, kaum wahrnehmbare dunkle Punkt passte unglaublich gut zu ihr. Aber an ihr wurde alles zur Zierde. Mit ihrer kräftigen Latino-Stimme, in der etwas Herausforderndes lag, grüßte sie jeden im Haus mit »Hola!«. Ihre Stimme und vitale Erscheinung strahlten eine rebellische

Energie aus, die Sami verrückt machte, ihn wie Espenlaub erzittern ließ.

Göran kannte er schon eine ganze Weile. Göran sah aus wie ein Wikingergott, mit blondem Bart und blauen Augen – ein unglaublich gut aussehender, schwedischer Rechtsanwalt. Doch er hatte nicht das steinerne Herz der Wikinger. Er vertrat politische Flüchtlinge vor Gericht und war bekannt dafür, dass er ihnen eine Aufenthaltserlaubnis besorgte und half, ihre Probleme zu lösen. Viele hielten ihn für einen Engel, der zufällig unter die Menschen geraten war.

So hatte Göran auch das chilenische Mädchen unter seine Fittiche genommen, das illegal in Schweden lebte und ihn um Hilfe bei der Beschaffung einer Aufenthaltserlaubnis bat. Und eines Tages brachte er sie dann als seine schmucke Braut in das Haus am See, stellte sie seinen Freunden vor und bemerkte gar nicht, dass er damit Samis Herz in Flammen setzte.

Wie sehr Sami sich auch dagegen wehrte, er empfand eine Art schwermütigen Liebeskummer. Es war, als umrankte giftiger Efeu sein Herz. Andererseits war es jedes Mal ein Fest, bei dem sich alle Knospen öffneten, wenn er Clara sah. Unter den vielen Leuten nahm er sie wahr wie ein Licht, wie wohlige Wärme, die den Raum erfüllte. Die ihr zugewandte Seite seines Gesichts erglühte. Und jedes Mal, wenn er dem Mädchen aus Santiago in die schwarzen Olivenaugen schaute, wurde er verlegen, und es kam ihm vor, als stünde er auf einem hohen Turm und fürchtete sich davor, hinunterzustürzen.

Nur ein einziges Mal hatten sie sich beide richtig in die Augen geschaut. Ein einziges Mal. Es war, als schaute er in einen See, und in der Tiefe ihrer Augen sah er es glänzend strömen. Ihm kam es vor, als ginge es Clara ebenso. Hätten ihre Blicke noch etwas länger ineinander geruht, wäre ein Funke übergesprungen. Doch dauerte es nur einen Augenblick, so kurz, dass nur ihre Herzen ihn wahrnehmen konnten. Und als er danach zu Göran hinübersah, stellte er fest, dass dieser ihn beobachtet hatte. War es Zufall, Intuition, oder gab es da eine Ordnung, die ihr Verhalten steuerte? Wer weiß! Nachdem er dann begriffen hatte, dass er diese Liebe, die sein Herz zerriss, nicht ertragen konnte und dass er nicht mit ansehen konnte, wie Göran Clara küsste und sie sich streichelten, packte er seine Sachen und zog aus. Er nahm sich ein Studentenzimmer in Kungshamra.

Sein Herz war gebrochen und konnte auch nicht wieder heil werden. In diesem Zustand begannen ihn die vielen Krankheiten zu überfallen. Er redete mit niemandem, ging seinen Freunden aus dem Weg. Wieder erfasste ihn dieses Gefühl abzustürzen und die tiefe Einsamkeit, die er damals empfunden hatte, als er in Stockholm angekommen war. Zerstörerisch, zermürbend und herabsetzend nahm das Selbstmitleid von ihm Besitz.

Handschriftliche Notizen

Was soll ich lügen: Als ich den Text gelesen habe, war ich ganz ergriffen. Gleichzeitig hat es mich schwer getroffen, dass Themen, die mit mir zu tun haben, so reduziert und vereinfacht dargestellt werden: Als ich Clara sehe, überfällt mich »schwermütiger Liebeskummer«, und diese Liebe macht mich kopflos. Dann packe ich mein Zeug, flüchte aus dem Haus, nehme mir ein kleines Zimmer und leide unter meinem Kummer. Ist das alles nicht recht banal?

Die Einzelheiten über das Haus am Seeufer und ähnliche Beschreibungen sind nicht schlecht: Ja, das rote Licht des nördlichen Himmels drang ins Haus. Auch die Unstimmigkeiten zwischen Kristina und den Flüchtlingen sind gut getroffen. Doch was hier geschildert wurde, reicht wohl nicht, einen Menschen ins Krankenhaus zu bringen.

Die Liebesschmerzen, die der Autor darzustellen versucht hat, sind völlig übertrieben. Natürlich ist Clara schön, sogar sehr schön, und sie gefiel mir wirklich sehr gut. Dass ich ihr jedoch in schwermütiger Liebe verfallen gewesen sei, ist nicht richtig. Sie war es, die meinen langen, tiefen Schlaf beendete. Clara verstand mich, vielleicht war sie die einzige Person in Stockholm, die mich verstand. Auch ich verstand sie.

Ich nahm ihre schreckliche Wut wahr, die immer wieder wie ein Orkan plötzlich hervorbrach. Und ich gab ihr Recht. Sie war der Mensch, der erste Lebenszeichen in meinem Herzen erweckte und mich erregte. Denn ich hatte viele Jahre wie ein Radiogerät ohne Stromanschluss gelebt. Wie andere Dinge im Leben, hatten mich auch die Frauen nicht interessiert. Ein Radio ohne Strom kann eben keine Sendungen aus der Atmosphäre empfangen.

Auch die Geschichte mit Astrid im ersten Kapitel, wonach ich mit ihr geschlafen hatte, trifft nicht zu. In meinem ganzen Leben habe ich mit keiner Schwedin geschlafen. Und nach dem Unfall habe ich überhaupt keine Frau mehr angefasst, habe nicht einmal mehr eine angeschaut. Ich war wie vertrocknet, der Quell meines Lebens war versiegt. Wie ein wertloses Stück Holz dümpelte ich vor mich hin. Als mich mein Freund fragte, wollte ich nicht zugeben, dass ich mit keiner Frau geschlafen hatte, und habe die Geschichte von Astrid erfunden. Und er hat niedergeschrieben, was ich erzählt habe. Damals hat nämlich jeder mit jedem geschlafen und man hätte über mich nur den Kopf geschüttelt.

Manche Mädchen gingen Freitag abends aus und hatten eine Plastiktüte dabei. Darin waren Zahncreme und Zahnbürste, ein Ersatz-Slip und dergleichen nützliche Dinge. Sie hatten nämlich nicht vor, an diesem Abend nach Hause zurückzukehren, und wussten auch nicht, wo sie die Nacht verbringen würden. Mit ihren Freunden gingen sie in die Disco. Sie warteten stundenlang, bis sie eingelassen wurden. Dann tranken sie Bier, tanzten wie verrückt, und morgens gegen drei gingen sie mit einem Jungen nach Hause, der sie abgeschleppt hatte. Am nächsten Tag wachten sie in einem fremden Bett neben einem fremden Menschen auf. Ein Mädchen von sagen wir zwanzig Jahren hatte sicher zigfach mit Männern aller Rassen, Hautfarben und Kulturen geschlafen. Und was kam als Einziges dabei heraus: Ihre Unzufriedenheit wuchs. Damals – sozusagen vor der Zeitrechnung, die mit Aids begann – war dieses Leben üblich in Stockholm.

Danach wurde alles anders. Klubs, wie das Chat Noir oder das Sexorama, wo sich Paare live auf der Bühne liebten, wurden geschlossen. Die Pornoläden an den Stadtrand gedrängt. Die jungen Leute hatten nun das große Ziel, eine Familie zu gründen und Kinder zu bekommen. Schweden verwandelte sich in ein konservatives Land.

Doch die Jahre zuvor waren die Zeit der freien Liebe. Und mein Freund konnte ja nicht wissen, dass ich damals war wie ein kalter Fisch. Die Frauen bedeuteten mir nicht mehr als ein Baum im Wald oder ein Fels am Seeufer. Ich war wie im Winterschlaf, und erst als ich Clara sah, stiegen die ersten Leuchtkugeln auf, die anzeigten, dass ich aufwachte. Und zunächst war ich *keineswegs in sie verliebt, das kam später. Da sollte ich dann erfahren, dass sie eine außergewöhnliche Persönlichkeit mit Erfahrungen war, die noch faszinierender waren als ihr Äußeres.*

Clara war ein Mädchen mit unerschöpflichen Energien. Was immer ihr unterkam, verspeiste sie. Dennoch nahm sie nicht zu. Ihre Leidenschaft für das Essen, ihr immenser Appetit und die Riesenmengen, die sie aß, verblüfften uns maßlos. Während Necla, die Frau von Adil, dauernd fastete und strenge Diäten ausprobierte, wie zum Beispiel die Scarsdale-Diät, die Kohlenhydrat-Diät, die kanadische Pilotendiät oder die Dreitages-Schockdiät; während sie also ständig fetter wurde, verschlang Clara jede Pizza, ohne zuzunehmen. Sie vergaß auch nicht, sie noch dazu mit scharfem Cayennepfeffer zu bestreuen. Unter dem roten Pfeffer, den wir gar nicht essen konnten, war die Pizza gar nicht mehr zu sehen. Clara war ganz verrückt nach scharfen, bitteren und salzigen Sachen. Ständig hatte sie den Salzstreuer in der Hand.

Sie tat und aß alles, was als ungesund gilt. Wovor die Fachleute warnen. Trotz des Bombardements von Cholesterin und jeder Menge Schokolade, Teigwaren, Fett, scharfem Pfeffer und Salz war sie drahtig und unglaublich vital. Sie trug Jeans in der kleinsten Größe, die ihr aber trotzdem noch zu weit waren. Zwischen dem Hosenbund und ihrem nackten, festen, nach innen gewölbten Bauch klaffte ein weiter Spalt.

Aus ihren geschickten Bewegungen wurde deutlich, wie viel Kraft sie hatte. Auch war sie sehr diszipliniert. In diesen feinen Armen, diesem schlanken Körper steckte eine unglaubliche Kraft. Sie trug riesige Koffer und Taschen, die Männer kaum heben konnten. Wir schauten verblüfft, wenn dieses zierliche Mädchen den Männern die schweren Sachen einfach aus der Hand nahm und sie wegtrug. Als die gewichtige Couch an einen anderen Platz gestellt werden sollte, hatte sie das Möbel, bevor die anderen herbeieilen konnten, schon in die gewünschte Ecke bugsiert. Und kam einer von einer Reise zurück, dann war es natürlich Clara, die sich das Gepäck vor der Tür auflud und heraufbrachte. Wenn sie mit großen und schweren Sachen umging, wurde man an die Ameisen erinnert, die alles schleppten und ins Nest zerrten, auch wenn es doppelt so groß war wie sie selbst.

Dabei war sie auch noch flink, sehr flink. Sie gehörte zu den Leuten, die sich schon bewegt hatten, bevor andere erst nachdachten. Sie hatte alles sofort im Griff und gehorchte nur ihrem Instinkt. Mit ihren wohlgeformten Beinen, den kleinen, festen Brüsten und ihrer schlanken Figur besaß sie einen wunderbaren Körper.

Einen faszinierenden Widerspruch gab es auch zwischen ihrer frischen Gesichtsfarbe und ihrem schneeweißen Körper. Sie schminkte sich nie, hatte es auch nicht nötig. Ihre Wangen und Lippen waren rosig, wie gemalt. Ihre Augen schien immer ein natürlicher Lidstrich zu umranden.

Und dieses zarte Mädchen fluchte, was das Zeug hielt. Daran musste man sich erst einmal gewöhnen. Denn sie bekam häufig Wutanfälle und schimpfte wie ein Lastwagenfahrer. Dabei verwendete sie Wörter, die nicht einmal Männer gebrauchen würden. Jeder staunte, wenn aus dem Mund dieses sympathischen Mädchens plötzlich Verwünschungen hervorsprudelten: »Darauf scheiß ich doch, du Hurensohn.« Besonders die Schweden trauten ihren Ohren kaum. Denn die häufigsten schwedischen Flüche, »Fy fan! Djävlar! Knäpp i huvet!«, waren eigentlich ganz unschuldige Wörter und bedeuteten: »Pfui Teufel! Zum Teufel!« und »Nicht richtig im Kopf!«. Aber Claras saftige Ausdrücke waren von anderem Kaliber! Wer sie so heftig schimpfen hörte, hätte sie sicher nicht für die wohlerzogene Tochter eines chilenischen Anwalts gehalten, sondern eher für einen betrunkenen Seemann von den Straßen Marseilles.

In ihrem Blick aber lagen Schmerz und eine Aufrichtigkeit, mit der sie die Menschen im Innersten rührte. Sie war aufrichtig und grundehrlich. Dabei ging sie so weit, sich selbst zu schaden, sich für andere aufzuopfern.

Sie hatte eine weitere Passion, auf die ich später zu sprechen kommen will. Jetzt nur einen Hinweis: Sie war Jungfrau. Ihrem Vater hatte sie geschworen, bis zur Heirat unberührt zu bleiben. Doch davon habe ich erst sehr viel später erfahren. Im Haus am See hat sie – zurückgezogen mit Göran – nicht das getan, was jeder vermutete. Wie Geschwister schliefen sie im gleichen Bett. Das muss man sich vorstellen! Dabei konnte man in diesem Haus, in dem Clara und ich – ohne voneinander zu wissen – wie zwei Geschlechtslose lebten, die Sexualität fast mit Händen greifen.

Es kam mir sehr komisch vor, dass Frauen und Männer permanent von ihren Hormonen angestachelt werden, den biologischen Gesetzen zu gehorchen und übereinander herzufallen.

Dieses ewige Hin und Her, das es seit dem Bestehen der Menschheit gab, machte für mich einfach keinen Sinn. Sexualität war komisch. Aber auch Essen und Trinken war seltsam. Und die Rituale, die damit zusammenhingen. Der sorgsam gedeckte Tisch und die Traditionen und Rituale drum herum. Politik und Sport, die Presse und Literatur. Alles war irgendwie verrückt. Eine Menge Dinge, für die ich zuvor mein Leben hätte geben können, kamen mir nun – nach meiner Veränderung – abgestanden und schal vor. Die Finsternis in mir verhinderte, dass ich mich der Welt der Lebenden näherte.

Clara begann, zwischen uns ein nicht näher definiertes, aber doch spürbares Gefühl von Wärme herzustellen. Ich schämte mich deshalb, doch wusste ich, dass Clara im Gespräch mit anderen, beim Einschen-

ken des Kaffees oder während einer Diskussion, immer bei mir war, dass sie meine Anwesenheit ständig spürte. In der Menge nicht miteinander zu sprechen, nur zu fühlen, dass der andere da war, schien mir ohnehin besser. Über was sollten wir auch reden? Das war eine seltsame Entwicklung, und wir beide ließen uns von ihr ohne Widerspruch forttragen, ohne zu wissen, wohin sie führen würde.

Ich bemerkte, dass ihr Gesicht immer von Trauer überschattet war. Dennoch zeigte sie im Gespräch mit den Menschen viel Energie und Liebenswürdigkeit. Als richte sich ihre Trauer nur gegen sie selbst, ihre Güte aber an die ganze Menschheit. Dies fiel langsam allen auf. Ich atmete ihre Luft, und tief im Innersten nahm ich ihre geschmeidige Stimme, ihren Gang, die Wohlgestalt ihrer Figur und das Weiß ihrer Hände wahr. Manchmal verhielt sie sich auch, als bemerke sie meine Anwesenheit gar nicht. Doch dann schien ihr plötzlich wieder einzufallen, dass zwischen uns etwas passierte. Wir hatten dieses gemeinsame Empfinden, das ich nicht benennen konnte, das keine Form, keinen Anfang und kein Ende hatte, aber doch vorhanden war. Für den Moment war ich damit zufrieden. Denn mir ging es nicht gut. Ich wollte so eine Beziehung nicht.

»Filiz«, dachte ich ohne Unterlass. »Filiz!«

Doch ich konnte mich nicht erinnern, wie Filiz ausgesehen hatte.

Es hatte auch gar nichts mit Liebe zu tun, dass ich aus dem Haus am See auszog. Ich hatte einfach genug von diesen Leuten, Clara ausgenommen. Diese grenzenlose Anstrengung von Adil, der versuchte, es zu etwas zu bringen. Die Verzagtheit Neclas, die unfähig war, zuzugeben, dass ihr Mann ohne Saft und Kraft war. Und erst Görans idiotischer Optimismus, der das Leben sah wie einen Lunapark mit rosa Bonbons für alle. Dann auch noch die Hormone, die man schon fast in der Luft herumfliegen sehen konnte, die Kristinas Haus total verseucht hatten. Das alles ging mir schrecklich auf den Geist. Und wie kindisch dieser Nihat sich mit seiner Vaterschaftsklage brüstete. Also kurz und gut, das war kein Platz zum Leben für mich.

4

Sami sah den Mann am nächsten Morgen über den Flur gehen. Er stützte sich bei jedem Schritt an den Wänden ab. Der kleinste Stoß hätte ihn zu Boden geworfen. Man sah, dass er sehr krank war. Die Tränensäcke unter seinen Augen waren nicht mehr violett, sondern fast schwarz geworden und hingen auf seine Wangen herunter. Sein Gesicht war ganz dunkel. Ein abstoßendes Gesicht. Auch die Haare waren ihm ausgefallen.

Sami ging nun jede Nacht in sein Zimmer, musterte seinen kahlen Kopf, den breiten Nacken und diesen großen, doch erschöpften, kraftlosen Körper, der in einem zerknitterten, blau-weiß gestreiften Pyjama steckte. Der Pyjama war Sami sehr vertraut, denn der Stoff – angeraute Baumwolle – wurde von der Sümerbank verkauft und war in dieser oder ähnlicher Form in jedem Beamtenhaushalt zu finden. Weil dieser Staatsbetrieb vergleichsweise billig war und auch Ratenkauf einräumte, hatte einst Samis Vater, ein Lehrer, einen ganzen blau-weißen Ballen davon nach Hause gebracht und für die ganze Familie Schlafanzüge nähen lassen. Mualla Abla, die Schneiderin des Stadtviertels, nähte zu Hause die Pyjamas, und künftig trugen Sami, sein Vater und sein jüngerer Bruder die gleichen Schlafanzüge. Sie liebten es, sich mit dem Rücken an den Ofen zu setzen und gemeinsam das Gefühl der neuen Pyjamas zu genießen. Doch das war nicht alles: Seine Mutter hatte aus dem restlichen Stoff für Wohn- und Schlafzimmer Vorhänge nähen lassen. Und im Wohnzimmer wurde das Kanapee mit dem Stoff überzogen. Überall im Haus leuchtete der blau-weiße Baumwollstoff. Niemand störte sich daran, denn die Nachbarn und alle Bekannten machten es genauso.

Diese blau-weißen Streifen waren wie eine Botschaft von seiner Familie und dem früheren Leben in der Türkei. Der Geruch und die Farben der Heimat wurden wieder wach in seiner bereits verblassenden Erinnerung. In diesen Augenblicken wurde der alte Mann für Sami zu einem Zeugen, dem er sich nicht mehr entziehen konnte. Ob wohl der Alte auch solche Erinnerungen hatte?

Er verbrachte Stunden bei ihm. Sami stand reglos in dem dämmrigen Krankenzimmer am Fußende des Bettes und schaute in das faltige Gesicht des Alten, der sich – dem Tode nahe – unruhig im Schlaf bewegte. Es war, als sei dieser Greis in seinem Bett durch ein unsichtbares Band mit ihm verknüpft.

Während er am Bett des Mannes wachte, zeigte

Samis Gesicht manchmal tödlichen Abscheu, manchmal auch nur Müdigkeit und Gleichgültigkeit. Inzwischen kannte er dieses Gesicht sehr gut. Kleine Haare wuchsen ihm auf Ohren und Nase. Der alte Mann schlief, ohne etwas zu merken. Diese nächtlichen Besuche wurden Sami zu einer festen Gewohnheit. Tagsüber beobachtete er ihn auf den Fluren oder nach dem Essen im Fernsehraum. Der blau-weiß gestreifte Pyjama des Alten, die Flasche Zitronen-Eau-de-Cologne der Marke »Eyüp Sabri« und das Buch mit Erinnerungen Cemal Paschas auf dem Nachttisch zogen ihn magnetisch an.

Sami hatte das Krankenblatt des Alten gelesen und Gunilla nach seiner Krankheit ausgefragt. Nach ihrer Aussage wuchs der Tumor im Gehirn des Alten täglich. Das verursachte einen Druck, der zu Bewegungsausfällen führte. Gunilla versuchte es ihm mit einigen medizinischen Begriffen zu erklären: Im Bereich des linken frontalen Hirnlappens ist ein Glioblastom entstanden. Dieses zerstört die Nervenzentralen in der linken Gehirnhälfte, weshalb der rechte Arm des Mannes bewegungslos und seine Motorik gestört ist. Das drückt sich in Sprachschwierigkeiten aus. Es führt zu Übelkeit und Erbrechen, und der Patient hat starke Kopfschmerzen. Gunilla erklärte noch, dass dieses Krankheitsbild auch zu Persönlichkeitsstörungen und Vergesslichkeit führt. Sami begriff, dass der Zustand des alten Mannes sehr ernst war. Sie gaben ihm Kortison und versuchten das Ödem zu lösen. Sein Enzephalogramm zeigte Delta- statt Alphawellen. Als sich seine Schmerzen sehr verstärkten und er kaum mehr sprechen konnte, gab Gunilla dem Kranken Fortecortin und achtzig bis neunzig Milligramm Prednisolon. Danach wurde er etwas ruhiger und konnte wieder sprechen.

Dreimal in der Woche wurde der alte Mann in den mit Blei abgedichteten Raum im untersten Geschoss gebracht. Dort markierten sie mit Stiften die Stelle auf seinem Kopf und bestrahlten ihn zehn Minuten lang. Nach diesen Behandlungen kam der Alte völlig erschöpft in sein Zimmer zurück. An diesen Tagen schwollen die gesunden Zellen an, Übelkeit und Erbrechen verstärkten sich, und in extremen, krisenhaften Gefühlswallungen weinte und fluchte er.

Einige Male kam er an Samis Zimmer vorbei. Beim Gehen stützte er sich an die Wand und zog sein rechtes Bein nach. Sein Tumor wuchs, würde vielleicht weiter wachsen. Vielleicht war der Tumor die Rache. Vielleicht büßte er für die Narben an Samis Fußknöcheln, die von der Elektrofolter stammten, und für die umgekommenen Freunde, oder die Flucht in die dunklen und schweren Winter hier im Norden. Wenn Sami nachts vor ihm stand und stundenlang jede Regung seines Gesichtes, jeden Atemzug beobachtete, erfüllte ihn Freude, dass es mit diesem Mann zu Ende ging. Hätte er dieses Gefühl nicht so genossen, hätte es ihn wenig Überwindung gekostet, den Alten einfach umzubringen. Es würde reichen, ihm einfach ein Kissen auf das Gesicht zu drücken. Ja, er war in der Lage, den Mann jederzeit zu ersticken. Es machte ihn richtiggehend fröhlich, wenn er bedachte, wie nah er dem Alten war, und dass er die Möglichkeit hatte, sein Leben zu beenden. Und wie wehrlos er war.

An einem Nachmittag ereignete sich etwas Unerwartetes. Der alte Mann trat in Samis Zimmer. Er lag gerade auf dem Bett und dachte an den Alten. Er sah ihn hereinkommen und schloss sofort die Augen. So lag Sami auf dem Bett. Sein Herz schlug wie wild. Er versuchte sich zu beruhigen, aber es gelang ihm nicht. Er hörte die schweren, schleppenden Schritte der Hausschuhe über den Boden schlurfen – bis in die Mitte des Zimmers. Es entstand eine lange Stille. Sami fiel es inzwischen schwer, seine Augen geschlossen zu halten. Seine Augenlider schmerzten. Er drückte sie ganz fest zu. Außerdem musste er seinen Atem zügeln. Nach einer Weile fragte er sich: »Warum verstecke ich mich eigentlich? Warum?«

Sami schlug die Augen auf und sprang vom Bett. Er stellte sich direkt vor den alten Mann. Sie waren etwa gleich groß. Der Alte beobachtete ihn mit riesigen dunkelbraunen Augen. Seine Augen, deren Tränensäcke in Falten herunterhingen, waren von violetten Ringen umrandet. Seine ehemals breiten Schultern hingen herunter, sein Kopf war zwischen den Schultern versunken. Müde und erschöpft hielt er sich schwankend auf den Beinen.

Lange hörte man kein Wort. Die beiden schwedischen Patienten im Zimmer verfolgten diese seltsame Situation aus den Augenwinkeln und hielten sich an die ungeschriebene goldene Regel Skandinaviens, sich nicht einzumischen.

Nach einiger Zeit sagte der alte Mann: »Sie sind zwar der Jüngere, und es wäre an Ihnen gewesen, doch nun komme ich zum ersten Besuch.«

Sami wusste zunächst nicht, was er sagen sollte. Dann antwortete er mit einer Stimme, die ihm selbst fremd klang: »Ich wünsche Ihren Besuch nicht.«

Der alte Mann kniff die Augen zu und sagte: »Wir beide sind Türken in der Fremde. Zwischen uns gibt es Blutsbande. Wir müssen einander unterstützen. Denn wir zwei sprechen doch Türkisch. Ich verstehe kein einziges Wort Schwedisch.«

Darauf antwortete Sami noch harscher als zuvor, fast schreiend: »Was Ihr Türkentum und Ihr Türkisch angeht, so lege ich keinen Wert darauf.« Er wollte den Mann einschüchtern.

Aber genau das Gegenteil trat ein. Er sah, wie der alte Mann lächelte. Sein Gesicht hing auf der rechten Seite herunter, und das Lächeln unterstrich diese Schiefstellung noch. Er hörte nicht auf zu lächeln und sagte mit ironischem Unterton: »Junger Mann, warum kommst du dann nachts heimlich in mein Zimmer? Wenn du dich nicht für mich interessierst, warum beobachtest du mich dann Tag und Nacht?«

Sami schwieg. Was hätte er auch sagen können? Er musste feststellen, dass ihn der Alte trotz Krankheit und fortgeschrittenen Alters immer noch herausforderte. Er wurde nervös. In seinem Nacken stieg Hitze auf. Am liebsten hätte er ihm zwei Fausthiebe versetzt und seinen widerwärtigen Mund und sein Gesicht eingeschlagen. Er ballte die Fäuste, bis die Finger schmerzten. Und er ärgerte sich über sich selbst, dass er sich nicht kaltblütig und kontrolliert verhielt. Denn er war ganz außer Atem, und sein Herz schlug bis zum Hals. Wenn er jetzt etwas sagte oder fluchte, würde seine Stimme zittern. Alles, was er von Sirikit gelernt hatte, war vergessen. Die Wut lähmte ihn.

Nun sah er, dass der alte Mann langsam, ganz langsam zur Tür ging. Er zog seine Hausschuhe schleifend über den Boden und hatte Schwierigkeiten, sein rechtes Bein zu bewegen. Als er die Tür erreicht hatte und hinausgehen wollte, begann er plötzlich bedrohlich zu schwanken. Er hatte das Gleichgewicht verloren. Gleich würde er sich den Kopf am Türrahmen anschlagen, da sprang Sami auf und packte seinen Arm. Dies tat er ohne nachzudenken, es geschah ganz von selbst. Doch kaum hatte er ihn gestützt, bereute er es auch schon wieder. Aber nun war es passiert. Er hielt den Alten am Arm fest. Alles war so schnell gegangen, dass beide verwundert waren.

Sami wusste nicht, warum er sich so verhalten hatte, und ärgerte sich. Wenn er auch nur einen winzigen Moment zum Nachdenken und Entscheiden gehabt hätte, hätte er das bestimmt nicht getan.

Der alte Mann schaute Sami lange an und sagte leise: »Ich danke dir, mein Junge.« Dann trat er – immer den rechten Fuß nachziehend – auf den Korridor hinaus.

Nach dieser ersten Begegnung ging Sami nachts nicht mehr ins Zimmer des Alten. Er sah ihn ab und zu, wie er auf dem Gang, sich an der Wand abstützend, herumlief oder im Fernsehraum in einem Heft blätterte. Sie sprachen nicht miteinander. Als Sami einmal im Fernsehraum, der mit Holzsesseln und Blumen ausgestattet war, einen Film sah, trat der alte Mann ein und setzte sich zwei Sessel von Sami entfernt hin. Außer ihnen waren noch vier schwedische Patienten im Raum. Es war gegen Abend, und man sah, wie es draußen heftig schneite und der Wind die Flocken durcheinander wirbelte. Als das Programm zu Ende war und Sami weggehen wollte, hielt ihn der Mann an: »Gerade eben im Fernsehen kam das Wort ›Gedränge‹ vor. Haben sie das von uns übernommen?«

»Ja«, sagte Sami, »sie haben es von uns übernommen, aber hier wird es im Sinne von ›Panik‹ gebraucht.« Als Sami sich darauf umdrehte und ohne ein weiteres Wort wegging, hörte er den Mann sagen: »Danke! Ich danke schön!«

Wenn die Situation anders gewesen wäre, hätte Sami weiter ausgeholt und dem Alten erklärt, dass Karl XII. zwei Jahre bei den Osmanen gelebt und von ihnen den Namen »Karl Eisenkopf« erhalten hatte. Obwohl er sich nach der Schlacht von Poltava zu den Osmanen geflüchtet hatte, wurde in Schweden erzählt, die Türken hätten ihn gefangen genommen. Man berichtete auch, dass er von den Türken Wörter wie »kalabalık«, »Gedränge«, und köşk – verballhornt zu »Kiosk« – mitgebracht hatte. Daneben hatte er aber auch solche Dinge wie die Pockenimpfung, das Steuersystem und die gefüllten Kohlrouladen bei den Türken kennen gelernt und in Schweden eingeführt. Alles Sachen, die für in Schweden lebende Türken unendlichen Gesprächsstoff boten. Nach seiner Ankunft in Schweden war Sami beim Einkaufen im Konsum eine Konservendose aufgefallen. Darauf stand »Kåldolmar«, und es waren gefüllte Kohlrouladen abgebildet. Voller Freude, ein türkisches Gericht gefunden zu haben, hat er sie sofort gekauft und ist nach Hause gerannt. Als er die Dose öffnete, waren wirklich gefüllte Kohlblätter darin, doch leider war die Füllung süß. Seine Mutter, die gefüllten Kohl so gut zubereitete, wäre über dieses Verbrechen wahrscheinlich in Tränen ausgebrochen. Er warf die Dose in den Müll. Sein mediterraner Magen konnte sich nicht daran gewöhnen, dass hier im Norden alles gesüßt wurde. Das Brot, ja sogar der Fisch war gezuckert. Wenn er in den Supermärkten einkaufte, studierte er lange die Aufschrift auf den Packungen und versuchte etwas Ungesüßtes zu finden.

Eines Tages sah Sami, wie der Alte in seinem Bett aus dem Fahrstuhl geschoben wurde. Er lag auf dem Rücken, sein Gesicht war kreidebleich. Bis zum Hals war er in weiße Laken gehüllt. An beiden Schläfen hatte er blaue Stellen. Sami dachte zunächst, er sei gestorben, doch er wurde aus dem Untergeschoss zurückgebracht, aus dem mit Bleiwänden abgeschotteten Raum. Er hatte gerade seine Bestrahlung hinter sich.

Sami hatte beobachtet, dass der Alte im Krankenhaus ganz allein ein Leben in Einsamkeit und Angst führte. Da er nur Türkisch sprach, konnte er mit niemandem ein Wort wechseln. In dem Krankenzimmer, für das der türkische Staat mit großer Wahrscheinlichkeit verdeckt die Kosten übernahm, sah er nichts als die Zweige einer Buche, nah am Fenster, wie auf die Scheiben gemalt. Dazu das Eau de Cologne und die Memoirenbände auf dem Nachttisch, das war seine Welt, mehr gab es nicht. Als Sami einmal an seinem Zimmer vorbeikam, sah er, wie der Alte der Schwester mit Handzeichen etwas zu erklären versuchte. Er streckte die Handflächen zur Decke und sagte »Lumière, lumière« zu ihr. Sicher gehörte er zu den alten türkischen Staatsbeamten, die in ihrer Jugend in der Mittelschule ein paar Brocken Französisch aufgeschnappt hatten.

Als er an einem anderen Tag im Fernsehraum die Abendnachrichten verfolgte, erschien auf dem Bildschirm eine Karte der Türkei. Dann wurde über Demonstrationen und Zusammenstöße berichtet. Sami merkte, dass der alte Mann, der wieder zwei Sessel weiter Platz genommen hatte, nichts verstand, aber das Wort »Türkei« erkannt hatte und mit verkrampften Fingern die hölzernen Armlehnen des Sessels umklammerte. Selbst als dann wieder andere Bilder kamen, war der Mann immer noch verkrampft. Aber Sami erklärte ihm nichts, sondern stand auf und ging hinaus.

Außer dem Alten war der tägliche Besuch des Psychologen für Sami die einzige Abwechslung im bedrückenden Krankenhausalltag. In den ersten Tagen hatte ein schwedischer Arzt ihn in den Sessel vor sich gesetzt und die Krankenunterlagen aus früheren Klinikaufenthalten hervorgeholt.

»Sie sind herzkrank!«

»Ja!«, antwortete Sami.

»Und Sie haben ein Magengeschwür!«

»Ja!«

»Ihre Leber funktioniert nicht mehr!«

»Ja!«

»Und Ihre Galle ist auch krank!«

An dieser Stelle fing der Doktor zu lachen an. »Kann ein junger Mann denn so viele Krankheiten haben? Was meinen Sie?«

Sami sagte, dass dies doch möglich sei. Er könnte ja durchaus einige der Krankheiten haben, aber die erforderliche Behandlung sei nicht vorgenommen worden.

Der Doktor fragte: »Warum wurden Sie nicht behandelt? Ist es vielleicht, weil Sie Ausländer sind?«

Darauf sagte Sami: »Das ist schon möglich.« Doch sein Widerstand und sein Selbstbewusstsein nahmen immer mehr ab. Dabei spielten auch die vielen Medikamente eine Rolle und auch die täglichen Gespräche mit den Psychologen. Vielleicht hielt zudem die Anwesenheit des alten Mannes ihn davon ab, genauer in sich selbst hineinzuhorchen.

Eines Tages kam die hübsche Schwester Gunilla in sein Zimmer. Sie sagte, der Arzt könne sich nicht mit dem alten Mann verständigen und brauche einen Dolmetscher. Bevor Sami noch mit sich selbst zu Rate gehen konnte, ob er mitkommen sollte, sah er sich schon mit Gunilla den Flur hinuntergehen. Als er ins Zimmer trat, gab ihm der Arzt die Hand. Der alte Mann hatte seine braunen Augen sorgenvoll auf sie beide gerichtet, ohne ein Wort zu verstehen. Der Doktor erklärte Sami, dass der Patient schon seit langem etwas zu fragen versuchte. Sami übersetzte die Worte des Arztes.

Der alte Mann bedankte sich und sagte, seit er ins Krankenhaus gekommen sei, sei er in einem Zustand der Ungewissheit. Seine Frau und sein Sohn hatten ihn nach Stockholm gebracht und waren nach ein oder zwei Tagen wieder in die Türkei zurückgekehrt. War die Diagnose richtig, die in der Türkei gestellt worden war? Die Beamten von der Botschaft, die ab und zu vorbeischauten, wolle er nicht ins Vertrauen ziehen, und sie hatten sich in letzter Zeit kaum noch sehen lassen. Jeden Tag fühle er sich schlechter. Die Schmerzen waren unerträglich geworden. Er wolle nun die Wahrheit wissen. Selbst wenn er sterben müsse, er wolle Gewissheit. Er habe zuvor noch tausend Dinge zu ordnen. In den Stunden, in denen er kein Kortison bekomme, leide er sehr. Wie hoch denn seine Überlebenschancen seien. Oder besser gesagt, gab es überhaupt Chancen? Der alte Mann sprach hastig und ohne Pause. Und Sami übersetzte alles ins Schwedische.

Danach überlegte der Arzt eine Weile. »Ich muss sagen, dass die Situation nicht sehr hoffnungsvoll ist. Aber sicher kennen Sie Ihren Landsmann gut und können einschätzen, wie er es aufnimmt, wenn man ihm die Wahrheit sagt. Ich überlasse es Ihnen, ob Sie ihm das übersetzen wollen.« Sami sagte dem alten Mann, dass der Arzt nicht viel Hoffnung habe und er vermutlich bald sterben würde.

»Ich wusste es. Ich wusste längst, dass es keine Rettung gibt. Doch der Mensch ist seltsam, er macht sich immer Hoffnung. Nun gut, kann der Arzt einen Zeitpunkt nennen?«

Der Arzt sagte: »Wir versuchen das Wachstum des Tumors zu bremsen. Wann dies gelingt, kann ich nicht sagen. Ich muss leider sagen, es wird vermutlich nicht mehr lange dauern.«

Sami übersetzte alles mit großer innerer Genugtuung. Es war, als verkünde er dem alten Mann das Todesurteil: »Der Arzt sagt, dass in Ihrem Gehirn ein bösartiger Tumor sitzt. Es gibt keine Möglichkeit der Heilung. Sie können jederzeit sterben. Es kann sein, dass Sie abends einschlafen und morgens nicht mehr aufwachen. Das wäre ein gutes Ende, denn die Schmerzen, die Sie ertragen müssen, werden mit der Zeit zunehmen und Sie bis zu ihrem schrecklichen Tod begleiten. Sie werden derartige Schmerzen haben, dass Sie die Ärzte anflehen werden, Sie zu töten. Aber Sie wissen ja, in Schweden ist so etwas nicht erlaubt. Es ist unmöglich, Sie vor diesen Schmerzen zu bewahren. Nicht einmal Morphium kann hier helfen. Der Tumor ist in Ihren Kopf eingedrungen wie eine Abortmaus und zerfrisst ihnen nun langsam das Hirn.«

Das Gesicht des Mannes wurde bleich. Vor Furcht verdrehte er die Augen. Da empfand Sami noch mehr Genugtuung. Was hatte ihm das Leben doch für eine gute Gelegenheit zugespielt. Er konnte mit seinem Henker von Angesicht zu Angesicht sprechen und dabei dessen vor Furcht zuckendes Gesicht betrachten. Was für ein Geschenk!

Nachdem der Arzt hinausgegangen war, trank der

alte Mann einen Schluck Wasser und schloss für einen Moment die Augen. Dann fasste er sich und dankte Sami: »Gott hat Sie geschickt. In meinen letzten Tagen sind Sie der einzige Landsmann an meiner Seite. Mein einziger Freund sind Sie. Alle haben mich verlassen. In Ankara will man nicht einmal mehr meinen Namen hören. Jeden Tag erscheinen in den Zeitungen Artikel gegen mich. Jeder will die Schuld für gewisse Vorgänge auf meine Schultern laden, um sich aus der Affäre zu ziehen. Nun ja, die Politik ist in unserem Land eine unbarmherzige Sache. Es gab Zeiten, da haben sie alle Hebel in Bewegung gesetzt, um mit mir in Kontakt zu kommen. Da baten sie mich um Unterstützung und Protektion. Sie haben mich angefleht, und jetzt kennen sie mich nicht mehr. Es ist schrecklich, in Vergessenheit zu geraten, junger Mann! Niemand klopft mehr an die Tür. Und auch meine Frau und meine eigene Familie warten nur darauf, mich loszuwerden. Wie gut, dass Sie da sind. Das tröstet mich. Ist Ihre Krankheit denn ernst? Ich wünsche Ihnen gute Besserung!«

Sami fühlte dem Alten gegenüber, dem er gerade das Todesurteil verkündet hatte, große Befangenheit. »Ich weiß nicht«, sagte er. »Sie untersuchen es noch. Sie denken, dass alles nur psychologisch ist.«

Handschriftliche Notizen

Den Film »Einer flog über das Kuckucksnest« sah ich in Stockholm zweimal hintereinander. Jack Nicholson war unvergleichlich in der Rolle des Mannes, der sich gegen die Autorität auflehnt und den Aufstand in der psychiatrischen Klinik anzettelt. Am Ende des Films erweist ihm sein indianischer Freund eine große Gunst und tötet ihn, indem er ihn mit einem Kissen erstickt. Denn nach der Elektroschockbehandlung vegetiert er nur noch dahin. Er kann so nicht weiterleben.

Ich könnte dem Alten auch einen solchen Gefallen erweisen. Ihm nachts ein weißes Kissen auf das Gesicht pressen, bis er nicht mehr atmet. Niemand würde Verdacht schöpfen. Wer würde schon vermuten, dass der Mann, der mit einem Fuß schon in der Grube stand und an einem Hirntumor litt, das Opfer eines Verbrechens geworden ist? Ganz bestimmt würden sie an ihm keine Autopsie machen.

Oder sollte ich lieber in aller Ruhe mit ansehen, wie er in Angst und Todeskampf starb? Nun ja, darüber nachzudenken und mich zu entscheiden, hatte ich ja genug Zeit. Der Mann war sowieso in meiner Hand. Er konnte sich nicht wehren. Ich konnte mit ihm machen, was ich wollte. Wie in Luis Buñuels Film »Der andalusische Hund« konnte ich ihm ja auch mit dem Rasiermesser das Auge zerschneiden.

Manche Dinge hatte ich meinem Freund nicht erzählt und empfand jetzt Gewissensbisse, fast Scham. Ich hatte ihm auf Kassette gesprochen, dass ich den Mann nie zuvor gesehen hatte. Und mein Freund hat dann – ganz zu Recht – die Szene mit dem Konvoi der offiziellen Limousinen auf dem Atatürk Boulevard in Ankara in seinen Roman eingebaut.

Doch das war nicht die Wahrheit. Ich war dem Mann sehr wohl begegnet. Bei dieser Gelegenheit sah ich sein Gesicht ganz nah und roch seinen Knoblauchatem. Er sagte etwas zu mir, versuchte mich zu überreden, aber ich war nicht bei mir. Ich verstand nicht einmal, was er sagte. Erst später konnte ich meine Gedanken ordnen. Und in diesen dunklen schmerzvollen Jahren wurde er zu meinem größten Feind. Lange habe ich nach Möglichkeiten gesucht, ihn zu töten. Mir fiel nichts anderes ein, als ein Selbstmordattentat auf ihn zu verüben, denn er wurde sehr gut beschützt. Daher kaufte ich mir das »Handbuch des Stadtguerillero« von Carlos Marighela und lernte sogar, Bomben zu bauen. Ich hätte mir Bomben umbinden und mich vor sein Auto stürzen können. Oder ich hätte versuchen können, einen Termin bei ihm zu bekommen, um ihn im Ministerium zu treffen. Doch da hätten sie mich sicher durchsucht. Vielleicht hätte ich mich irgendwo in der Menge an ihn heranschleichen können. Ging er *denn nie ins Kino? Begleitete er seine Frau nie zum Einkaufen? Jede Nacht malte ich mir aus, wie ich den Mann mit den absurdesten Methoden, auf die kein Mensch kommen würde, umbringen könnte.*

Einmal in Ankara, mitten in der Nacht, konnte ich die Wachen überlisten und in sein Haus eindringen. Im Schlafzimmer lag er an der Seite seiner Frau im Bett. Das Zimmer war von lautem Schnarchen erfüllt. Ich wollte ihm das mitgebrachte Band, ehe er sichs versah, über den Mund kleben. Danach war seine Frau dran. So würden sie beide keinen Mucks herausbringen. Sie hätten das breite, braune Band über dem Mund und würden mich nur mit großen Augen anschauen. Und dann würde ich sie mit dem Band auch an Händen und Füßen fesseln. Wie eine Wurst zusammenschnüren. Dann wollte ich seine Frau im Badezimmer einschließen und beginnen, ihren Mann zu foltern. Ich malte mir, von Stanley Kubricks »Clockwork Orange« inspiriert, alle Möglichkeiten aus, wie man einem Menschen Schmerzen zufügen und ihn in Angst versetzen konnte. Für ihn war sicher das Furchtbarste, dass er mit zugeklebtem Mund mich nicht anflehen, nichts fragen und mir nichts sagen konnte. Er würde natürlich sagen, er sei nur Befehlsempfänger und gar nicht schuld an den Vorfällen. Dass er alles genauso wie ich bedaure. Und ich solle doch in meinen jungen Jahren nicht eine solche Dummheit begehen. Und so weiter. Aber er kann ja nicht sprechen. Ihm ist die Sprache geraubt. In tiefer Stille, wortlos, gefasst und total kaltblütig massakriere ich ihn ...

Wie Sie sich denken können, habe ich nichts von allem getan. Ich habe es nicht einmal im Ansatz versucht. Das war nichts für mich. Ich gehörte zu denen, die in Ohnmacht fielen, wenn sie Blut sahen. Ich war schwach und unentschlossen, nicht mutig genug zur Rache.

Dann ging es mit mir bergab. Ich stürzte jeden Tag tiefer. Und am Ende kam ich dann in diesem fernen, nördlichen Land an. Und dort fiel mir eben dieser wehrlose Mann in seinem Pyjama in die Hände. Seltsam, nicht wahr?

Ich weiß, dass Ihnen das wie ein Rätsel vorkommt. Denn ich hatte diese Begegnung meinem Schriftstellerfreund nicht erzählt, war nicht dazu in der Lage. Was mich zu einem anderen Menschen werden ließ und mein Leben zerstörte, darüber konnte ich mit niemandem reden. Ich konnte meinen Kummer mit niemandem teilen. Auch die politischen Flüchtlinge in Schweden wussten nichts davon. Doch jetzt ist es wohl an der Zeit.

Ich sitze in meinem winzigen Zimmer in Kungshamra. Sirikit beobachtet mich mit einem Auge vom obersten Brett des Bücherregals aus. Ich rauche eine Zigarette nach der anderen. Der Aschenbecher auf dem Tisch ist schon ganz voll, und ich habe einen bit-

teren Geschmack im Mund. Außerdem spüre ich stechende Schmerzen in den Schläfen, in meinen Adern pocht heftig das Blut.

Mein Freund hat mich als das Kind einer Beamtenfamilie beschrieben. Das kam, weil er nicht genug über meine Familie wusste. Er schilderte mich so, wie er es aus eigener Erfahrung kennt. Er ist der Sohn eines Lehrers, und dieses Leben kennt er gut.

Mein Vater hatte in Ankara in Küçükesat einen mittelgroßen Laden. Einen von denen, die sich selbst gern »Supermarkt« nennen. Schon mein Großvater war Krämer gewesen. Vater und Onkel hatten es geschafft, ihr Geschäft auszuweiten und einen moderneren, größeren Betrieb aufzubauen. Soweit ich wusste, verdienten sie gut. Mein Vater war deshalb der Meinung, dass ich nach dem Gymnasium nicht weiter studieren müsste. Er wollte mir die Leitung des Ladens übertragen. Aber ich wollte unbedingt an der Universität Philosophie studieren und später Filme machen. Damals kannte ich Tarkowski noch nicht, doch ich war der Überzeugung, dass zwischen der Philosophie und dem Film enge Verbindungen bestanden.

Für solche Flausen hatte mein Vater wenig Verständnis. Ich hatte als Kind schon genug Prügel bezogen, um zu wissen, dass zwischen uns Welten lagen. Um zum Ziel zu kommen, musste ich zuerst wie immer die Mutter auf meine Seite ziehen. Sie hat dann, wie üblich, den Vater überredet, und ich durfte die

Aufnahmeprüfung der Universität ablegen. Das Ergebnis fiel sogar besser aus als erwartet. Ich konnte mich im gewünschten Fach einschreiben und bekam sogar einen Studienplatz in Istanbul.

So begann ich – fern von zu Hause – ein Junggesellen- und Studentenleben. In Ayazpaşa mietete ich mir eine winzige Wohnung. Das Geld aus Ankara war ausreichend, mehr als ich brauchte. Ich sah jeden Film, der in den Kinos in Beyoğlu gezeigt wurde. Immer hatte ich ein Filmbuch in der Tasche meines Parkas. Damals war es gefährlich, einen Parka zu tragen, doch weil es so praktisch war, wollte ich es nicht lassen. Der Parka war schon ausreichend, damit man von der Polizei durchsucht oder von den Rechten zu Tode geprügelt wurde. Im Land herrschte große Spannung. An den Universitäten brachten sich Rechte und Linke gegenseitig um. Aber das interessierte mich überhaupt nicht.

Ich weiß, es ist schwer, Sie davon zu überzeugen! Wie kann man unberührt bleiben, wenn jeden Tag wenigstens dreißig Personen umgebracht wurden, mitten in einem Bürgerkrieg? Jede Nacht wurden Kaffeehäuser überfallen und Passanten an den Bushaltestellen beschossen. Professoren, pensionierte Politiker und Journalisten wurden ermordet. Eine finstere Zeit. Trotzdem ging das Leben weiter. Menschen wurden geboren, starben, aßen, sie lachten und weinten, waren krank und sie besuchten ihre Ver-

wandten. Jeder hatte Angst, aber jeder lebte weiter sein Leben.

Auch ich war einer von diesen Menschen. Ich litt sehr darunter, dass die Rechten und Linken das Land in eine Kampfarena verwandelt hatten. Ich gab mir Mühe, mich an der Schule von diesen Gruppen fern zu halten. Manchmal, wenn ich an ihnen vorbeiging, riefen sie mir »Disco-Schwein, bourgeoiser Bastard« und andere Schimpfwörter nach. Ich kümmerte mich nicht darum. Ich bemühte mich eben, auf der Straße vorsichtig zu sein, um nicht von einer verirrten Kugel getroffen zu werden. Ich muss zugeben, dass ich aufatmete, als ich eines Morgens hörte, dass die Militärs die Macht übernommen und den Ausnahmezustand ausgerufen hatten. Nun lebten wir endlich in Sicherheit. Die Soldaten würden die Anarchisten ruhig halten. Auf den Straßen Istanbuls fuhren die Panzer, und bewaffnete Soldaten machten Personenkontrollen und Hausdurchsuchungen. Mir war es recht. Schließlich musste doch jemand diesen bewaffneten Tagedieben Einhalt gebieten und uns schützen. Die Regierung konnte ihre Aufgabe nicht erfüllen, also hatten die Militärs die Sache in die Hand genommen. Das Volk schrie: »Es lebe die Armee!« Und ich stimmte ein: »Es lebe die ruhmreiche Armee!«

In diesen Tagen lernte ich Filiz kennen.

Ich hatte mir eine gebrauchte Videokamera beschafft. Von einem, der aus Deutschland zurückge-

kommen war, hatte ich sie gekauft. Nun nahm ich alles auf, was mir vor die Linse kam. Eines Tages kam ich beim Volkstanzklub der Universität vorbei. Ich wollte die Tänze aufnehmen. Die Mädchen und Jungen übten gerade einen Volkstanz aus Bitlis. Lange hielt ich die Kamera auf sie. Der große Saal erlaubte mir, sie aus jedem Blickwinkel aufzunehmen.

Abends steckte ich die Kassette in den Videorecorder und schaute mir die Aufnahme an. Die Farben, das Licht und die Bewegungen waren ganz prima. Beim Zoomen blieb das Bild scharf, und ich hatte die Aufnahmen auch nicht verwackelt. Eines Tages würde ich mit einem richtigen Kameraschlitten arbeiten. Dann brauchte ich nicht mehr zu zoomen, denn das war unprofessionell. Keiner der großen Regisseure verwendet den Zoom. Nur Hitchcock fing damit eine besondere Atmosphäre ein. Er ließ die Kamera über eine Treppe nach unten gehen und zoomte nach oben. Das war natürlich eine Meisterleistung.

Da stach mir etwas ins Auge. Ich hatte das Gesicht einer Tänzerin in Großaufnahme festgehalten. Ich erinnerte mich gar nicht an diese Einstellung. Das Mädchen war mir nicht besonders aufgefallen, doch als ich sie zu Hause sah, faszinierten mich der Ausdruck in ihrem leuchtenden Gesicht, der offene Blick ihrer schwarzen Augen und ihre harmonischen Bewegungen. Sie wirkte wie ein kleines Mädchen und weckte sofort den Wunsch, sie in die Arme zu nehmen, sie zu beschützen, zu küssen und zu streicheln. Ich drehte das Band zurück und schaute mir die Stelle immer wieder an. Als ich auf sie zoomte, hatte sie den Kopf nach links gedreht und mit leichtem Lächeln ihren Tanzpartner angeschaut. Ich sah mir diese Szene so oft an, bis sie schließlich in meinem Gedächtnis eingebrannt war. Und in den anderen Einstellungen suchte ich auch immer nur dieses Mädchen. Ihr schlanker Körper strahlte Fröhlichkeit aus. Wie sie sich beugte und aufrichtete, wie sie den Fuß beim Tanzen vorstellte, sie stach hervor unter den anderen Tänzerinnen. Ihr langes schwarzes Haar rutschte unter dem Kopftuch hervor und fiel ihr ins Gesicht. Mit einer heftigen Kopfbewegung versuchte sie es immer wieder nach hinten zu werfen. Als der Tanz zu Ende war und sie verschnauften, schob sie ihre Unterlippe vor. Sie blies sich selbst von unten Luft ins Gesicht. Jede ihrer Bewegungen war anmutig. Sie blickte nie in die Kamera. Bis zum Morgen schaute ich mir die Kassette immer wieder an, bis mir schien: Dieses Mädchen kenne ich schon seit Jahren.

Am nächsten Tag versuchte ich sie wieder zu treffen. Aber ich fand sie nicht. Ich wusste nicht, in welcher Abteilung sie studierte. Dummerweise war auch kein Volkstanztraining für diesen Tag angesagt. Sie trafen sich nur einmal in der Woche. Ungeduldig wartete ich bis zur nächsten Woche. Dann nahm ich meine Kamera und ging in den Saal. Sie war dort und unterhielt sich mit ihren Freundinnen. Wieder nahm ich die Tänze auf. Diesmal stand für mich das zierliche Mädchen im Mittelpunkt. Jede ihrer Bewegungen, jeden Sprung, jedes Lächeln zeichnete ich auf. Als der Tanz zu Ende war, drehte ich einfach weiter.

Ich ging zu ihr und begrüßte sie. Unbefangen grüßte sie zurück: »Guten Tag!« Und dann redeten wir.

»Ich habe eure Tänze für den Filmklub der Universität aufgenommen, aber ich brauche noch ein paar Informationen dazu.«

»Ja, klar! Unser Leiter, Turgut, kann dir alle Informationen geben. Da drüben der Große ... Siehst du ihn?«

Ich sah ihn natürlich, doch das passte mir nicht ins Konzept. »Aber nein, ich habe nur ein paar unwichtige Fragen. Was ihr da zuletzt getanzt habt, war das aus Bitlis?«

»Ja, der Tanz war aus Bitlis.«

Wir gingen nun ein paar Schritte nebeneinander her. »Ich habe auch neulich schon mal gedreht«, sagte ich. »Es ist ganz prima geworden.«

»Ach ja«, sagte sie.

»Ich wollte dir eigentlich die Kassette mal zeigen. Meistens bist du im Bild.«

Wieder sagte sie nur: »Ach ja!«

»Es hat sich einfach so ergeben. Ich kann dir die Kassette ja geben, und heute Abend schaust du dir die Aufnahme an.«

»Danke, das ist freundlich, aber wir haben kein Videogerät zu Hause.«

»Vielleicht bei den Nachbarn ...?«

»Nein, die haben auch keins.«

»Nun, wenn es so ist, dann kannst du doch irgendwann einmal mit deinen Freundinnen bei mir vorbeikommen und wir sehen es dann gemeinsam an.«

»Ja, sehr schön!«, sagte sie sofort. Sie zeigte nicht das schüchterne Verhalten, das Mädchen, die einen Mann gerade erst kennen gelernt haben, sonst an den Tag legen. Sie war von berückender Natürlichkeit. Und es war klar, dass sie sich überhaupt nichts Schlechtes dabei dachte.

»Und was machst du jetzt? Wollen wir in der Mensa etwas trinken?«

»Das wäre schön, aber ich wohne weit draußen. Ich muss nach Hause.«

»Wo wohnst du denn?«, fragte ich.

Sie wohnte ganz hinten in Kartal und musste sich sofort auf den Weg machen, um rechtzeitig zum Abendessen zu Hause zu sein. Denn es war regnerisch, was den Verkehr verlangsamte, und sie hatte immerhin mit zwei Buslinien einen Weg von eineinhalb Stunden vor sich.

»Was für ein Zufall«, sagte ich. »Ich muss auch nach Kartal zu einem Verwandten zum Abendessen. Ich habe einen Wagen da und kann dich mitnehmen.«

Ich erwartete eigentlich, dass sie diesen Trick

durchschauen und mich abweisen würde. Doch das Gegenteil passierte. Ihr Gesicht erhellte sich plötzlich.

»Prima, das freut mich sehr. Ich bin sehr müde.«

Auf meine durchsichtige List reagierte sie ganz natürlich und offen, als sei ich der beste, anständigste und korrekteste Mensch auf dieser Welt. Später stellte ich dann fest, dass sie sich jedermann gegenüber so verhielt. Sie glaubte an das Gute im Menschen und erwartete von niemandem Schlechtes.

Die Fahrt dauerte länger als eine Stunde. Da es regnete, war die Istanbuler Bosporusbrücke verstopft. Wir unterhielten uns die ganze Zeit. Wie gut, dass mein Vater mir diesen klapprigen, gebrauchten Volkswagen gekauft hatte. Das Auto hatte sogar ein Radio. Während wir plauderten, lief nebenbei Jazzmusik von Radio Istanbul.

Die Soldaten machten Kontrollen. Auch wir mussten rechts anhalten und schalteten die Innenbeleuchtung an. Als wir an der Reihe waren, kontrollierte ein Unteroffizier unsere Personalausweise. Er schaute uns prüfend ins Gesicht und sagte schließlich: »Nun, dann fahrt mal weiter.« Wir sahen wohl aus wie zwei glückliche Kinder. Und das waren wir auch. Dauernd kicherten wir über alles und jedes. Wir kannten uns nicht einmal zwei Stunden, doch als wir nach Kartal kamen, waren wir uns schon völlig vertraut. Mir schien, sie mochte mich auch.

In Kartal lotste sie mich durch die Seitenstraßen

und ließ mich vor einem alten Wohnblock anhalten. Sie dankte und schlüpfte aus dem Wagen. Einen Moment blieb sie noch stehen und winkte mir zu. Dann hüpfte sie davon und verschwand im Haus. Ich schaute ihr nach. Ich hatte mich verliebt. Sie hieß Filiz.

Am nächsten Abend kam sie mit ihrer besten Freundin Pinar zu mir. Wir schauten uns das Videoband an, kommentierten Filiz' Bewegungen, scherzten und aßen eine Pizza mit Salami, die ich beim Laden an der Ecke bestellt hatte.

Gegen neun Uhr brachte ich sie mit meinem alten Volkswagen nach Hause. Um zwölf Uhr nachts begann das Ausgehverbot, und ich musste vorher wieder zu Hause sein.

Dieses Mal – auf dem Rückweg – hielten sie mich an, kurz bevor ich zu Hause war. Weil ich, ein junger Student, alleine fuhr, schien ich ihnen verdächtig. Ein martialisch wirkender Gendarm, ein dunkler Typ, fragte mich: »Wem gehört denn der Wagen?«

So freundlich ich konnte, sagte ich: »Der gehört mir.« Damals war es eher ungewöhnlich, dass ein Student ein Auto besaß.

»Und wer hat ihn dir gekauft?«

»Mein Vater.« Hätte ich ihm gesagt, dass es meine Mutter war, wäre er über mich hergezogen.

Da sagte er: »Ich werde deinem Vater in den Wein spucken!« Und dann fragte er: »Was macht denn dein Vater?«

»Er ist Kaufmann«, sagte ich. »Er hat einen Supermarkt.«

»Er betrügt also die Leute. Und mit dem gestohlenen Geld kauft er dir dann einen Wagen. Ihr Bastarde!«

Ich versuchte ruhig zu bleiben. Ich hatte sowieso keine andere Wahl. Die schwarze Mündung seines Gewehres, das er über der Schulter trug, zeigte in meine Richtung. Und wenn er jetzt einfach aus Lust und Laune feuerte und mich umbrachte, würde ihn niemand zur Verantwortung ziehen. Auch er wusste, dass er die Macht hatte, mich zu töten, und genoss es, dass ihm so ein reicher Istanbuler Hurensohn in die Hände gefallen war. Es passte ihm gar nicht, dass ich ein Auto hatte, auch wenn es bloß ein schrottreifer Volkswagen war. Ich fühlte, dass der junge Soldat, dem man eine Waffe in die Hand gegeben hatte und der aus der Armut eines verlorenen anatolischen Dorfes kam, einen tödlichen Widerwillen gegen uns alle empfand. Unwirsch kontrollierte er Führerschein, Personalausweis und Wagenpapiere. Sinnlos wendete er sie immer wieder hin und her. Er suchte nach etwas, doch er fand nichts.

Am Ende gab er die Dokumente zurück. »So, und nun verschwinde und lass dich hier nicht mehr blicken!«

Diese Stelle lag auf meinem Heimweg. Natürlich musste ich hier wieder vorbeifahren. Außerdem, war es an ihm zu entscheiden, wo in der Stadt man sich aufhalten durfte? Doch das sagte ich natürlich nicht. »Zu Befehl«, sagte ich nur und fuhr ganz vorsichtig davon.

In Gedanken war ich bei Filiz. Ich war glücklich, meine Stimmung überschwänglich. Deshalb steckte ich diese Beleidigungen einfach weg.

Der nächste Tag war ein Feiertag, und wir wollten uns mittags treffen, um ins Kino zu gehen.

»Pinar findet dich sehr nett«, sagte sie. »Ein ganz süßer Junge ...«

»Also habe ich den Test bestanden?«, fragte ich. Ich stutzte: Das klang ja wie ein Dialog aus einer billigen Filmromanze. Simples Drehbuch, simple Dialoge ... Mich hat das nie gestört. Dieses in abgedroschenen Formen ablaufende Liebesgeflüster, das Kokettieren und die schlichten Unterhaltungen gefielen mir. Solche Filme verströmen eine seltsame, sentimentale Stimmung. Sie sind schlecht gemacht, doch in einem schwachen Moment können sie einen mitreißen. Man erkennt ihre Mängel sofort, dennoch lassen sie einen heftig weinen und schniefen.

Wir standen in der Schlange. Es gab eine Sondervorstellung, ein Antonioni-Film. Im Kino drückte ich mich an sie. Mein Bein lehnte an ihrem, und während ich ihr alles Mögliche ins Ohr flüsterte, roch ich den Duft ihrer Haare.

»Schau, jetzt wird der Blickwinkel verändert. Es wird aus zwei Perspektiven gedreht.«

»Statt diesen Dialog jeweils aus gegenüberliegender

Sicht zu zeigen, dreht sich die Kamera die ganze Zeit um die Akteure. So kann man mit einem Dreh ohne Schnitt den Dialog aufnehmen. Ganz schön schwierig, das kann nur ein Meister des präzisen Timings.«

Schließlich gingen wir drei bis vier Mal pro Woche ins Kino. Ich erklärte ihr alles, was ich über das Filmen wusste. Ich zeigte ihr das Zeichen in der rechten oberen Ecke, das darauf hinwies, dass die Zwanzig-Minuten-Spule zu Ende ging und der Operateur auf die andere Maschine überwechseln musste. Oder ich erklärte ihr den Unterschied zwischen Cinemascope und dem normalen Bildformat. Erzählte ihr, dass die Spule am Ende des Films immer etwas staubig ist, und wie die Verfolgungsszenen gedreht werden, bei denen der Kameramann die Steadycam auf die Schulter nimmt.

Ich erwartete Lob von ihr und fragte: »Nun, wie ist es, jetzt verstehst du die Filme doch viel besser?«

»Ach was«, kicherte sie. »Das ganze Vergnügen ist weg. Ich kann mich überhaupt nicht mehr auf die Geschichte konzentrieren.«

»Na gut, dann musst du eben dumm bleiben«, sagte ich.

»In Ordnung, dann bleibe ich eben dumm. Ich werde dich dafür zu Hause gut bekochen und alles sauber halten.«

»Da kann ich mir schon vorstellen, warum du Chemie studierst. Du wirst nach chemischen Formeln kochen.«

Das war alles nur Spaß, dennoch kamen dauernd Anspielungen vor, die auf ein gemeinsames Leben hindeuteten. Und plötzlich eines Tages küssten wir uns. Das passierte ganz natürlich. Wir warfen uns bei mir zu Hause aufs Bett und balgten etwas. Da zog ich ihren Pullover hoch und küsste ihre festen Brüste. Ihr Geruch machte mich schwindlig. Das war aber schon alles. Wir hatten es nicht eilig.

Diese kurzen Umarmungen ließen mich die weibliche Energie ihres Körpers spüren und brachten mich ganz durcheinander. Ich liebte das Mädchen sehr, wirklich sehr. Und ich konnte nicht genug davon kriegen, mit ihr Horrorfilme anzusehen. Sie war nämlich die ideale Zuschauerin für Horrorfilme. Sie fürchtete sich tatsächlich. Wenn im Film zum Beispiel plötzlich eine Hand das Bein der Frau packte, schrie sie laut auf und zog ihre Beine auf die Couch. In dieser Art von Filmen kommt es häufiger vor, dass plötzlich eine Explosion die Stille zerreißt. Da geriet sie außer sich und schrie laut auf. Das Seltsame daran war, dass dieses Verhalten sehr gut zu ihr passte. Filiz war unglaublich liebenswert.

Das einzige Problem war, dass sie außer mit mir noch ein anderes Leben führte. Häufig ging sie zu Versammlungen in der Universität, wo sich die Linken trafen. Sie stand ihnen nahe. Ihre Familie stammte aus dem Südosten der Türkei. Ihr Vater war ein Gewerkschaftler, der nach einem Arbeitsunfall behindert war und nun eine knappe Rente bezog. Wie ich als Außenstehender und in Bruchstücken mitbekam, stand die Familie dem Regime sehr kritisch gegenüber. Filiz ging von Zeit zu Zeit zum Folkloreklub, aber manchmal auch zu Versammlungen, die für mich ganz unvorstellbar waren und die ich für gefährlich hielt. Ich wollte gar nicht daran denken, was ihr alles passieren konnte. Wenn sie im Ausnahmezustand alle verhaftet und abgeführt wurden, wo sollte ich sie dann suchen? Die bekanntesten Politiker des Landes saßen im Gefängnis. Jeden Tag gab es neue Verhaftungen. Die Menschen wurden im Morgengrauen aus den Häusern geholt und weggebracht. Meine Mutter erzählte mir am Telefon, in der Morgendämmerung seien Militärlastwagen gekommen und hätten alle Studenten aus dem Haus gegenüber mitgenommen. »Vermutlich waren sie Anarchisten. Gott hat uns geschützt. Heutzutage kann man wirklich niemandem mehr trauen.«

Wenn meine Mutter so erzählte, schwang immer ihre Befürchtung mit: »Mein Gott, schaut nur, was alles passiert. Es wird auch uns treffen.« Mit solchen Vorhersagen beschwor sie auch das Schicksal, jede Art von Unglück von uns fernzuhalten.

Meine Mutter ist ein fröhlicher Mensch. Sie ordnete alle Vorfälle in den Zeitablauf ihrer Küche ein. Das klang so: »Ich war gerade dabei, die Bohnen auszulesen, und war eben mit dem Zwiebelschälen fertig. Und in dem Moment, als ich sie in den Topf geben wollte, hörte ich von der Straße her Lärm.« Dann erzählte sie von einem Verkehrsunfall, der mit dem Tode von zwei Personen endete, doch um das zu verstehen, brauchte man einige Zeit. *»Morgens bin ich aufgestanden. Ich dachte mir, ich gieße mal das Wasser ab von den Meerbarben, die ich gestern eingelegt habe, damit die schwarze Flüssigkeit austritt. Deshalb bin ich in die Küche gegangen. Und genau in diesem Moment stürmen die Soldaten in unsere Straße.«* Auch die Freundinnen meiner Mutter drückten sich so aus. Ich bin sicher, wenn Mutter vom ersten Schritt des Menschen auf dem Mond erzählte, dann erinnerte sie sich daran, dass sie genau dann im Topf die Zwiebeln angebraten hatte. Und immer reden sie mit dem besitzanzeigenden Fürwort vom Essen, das sie kochen: mein Fleisch, meine Bohnen, meine Meerbarbe, meine Zwiebeln, mein Lauch. Mein Hackfleisch, meine Teigtaschen. Ja, meine Mutter ist ein herzensguter Mensch, sie fühlt mit und sie liebt mich, ihr einziges Kind, sehr. Sie kann mir keinen Wunsch abschlagen.

Darum bin ich auch so sicher, dass sie einverstanden ist, wenn ich Filiz heiraten will.

5

An einem der traurigen Abende, an dem die Dunkelheit im Norden schon früh hereinbrach, fand der alte Mann Sami im Fernsehraum, wo er ganz alleine eine Zigarette rauchte. Der Alte setzte sich neben ihn und fragte: »Na, du träumst wohl gerade, junger Mann?«

Handschriftliche Notizen

Schließlich antwortete ich: »Ja!«
Ich hatte lange gezögert, ob ich seine Frage überhaupt beantworten sollte, und zunächst geschwiegen. Doch warum sich vor diesem lebenden Leichnam verstecken, also sagte ich: »Ja! Ich war ganz in Gedanken versunken.« Ich hatte viele Stunden alleine im Zimmer gesessen und eine Zigarette nach der anderen geraucht. Bevor der alte Mann ins Zimmer getreten war, hatte ich an Mehmet gedacht, und meine Erinnerungen hatten mich gequält. Es ging um den einzigen, wirklichen Sieg in der bunten Welt meiner Kindertage. Mehmet war mein bester Freund in der Grundschule. »Die sind ein Herz und eine Seele«, sagte man über uns, und so war es. Sein Vater, ein buckliger Mann, arbeitete in unserem Supermarkt. Im Garten unseres Hauses hatte ihm mein Vater ein Nebengebäude zum Wohnen überlassen. Dadurch kam die Familie einigermaßen über die Runden. Auch meine abgetragenen Kleider gingen an Mehmet. Zusammen liefen wir morgens in die Schule, und gemeinsam spielten wir später in unserem Viertel. Es war Mehmet, der mit anderen Kindern Freundschaft schloss. Mich nahm er immer mit.

In unserer Kindheit langweilten wir uns nachmittags immer schrecklich. Wir wussten nicht, womit wir uns beschäftigen sollten. So kauerten wir uns eben irgendwohin und schnitzten an einem Stück Holz herum, oder wir spielten sinnlos mit bunten Murmeln. Es gab nur einen Weg, der Langeweile zu entgehen: Wir nahmen den von tausend Tritten geschundenen und tausendmal geflickten Ball und begannen irgendwo ein Match. Einmal rannte ich bei so einem Spiel ausdauernd herum, da wurde mir plötzlich schwarz vor den Augen. Ich sah nur noch Sterne und stürzte zu Boden. Als ich wieder zu mir kam, blickte mich Mehmet besorgt an und sagte: »Es tut mir Leid. Ich habe es gar nicht bemerkt. Wir sind mit den Köpfen zusammengestoßen ...«

Die anderen Kinder standen hinter Mehmet und schauten auf mich. In diesem Moment fühlte ich mich völlig ausgeschlossen, alleine und verlassen. Warum konnte ich einfach nicht sein wie sie? Warum war ich nicht so draufgängerisch, fröhlich, robust und verspielt? Dies waren die ersten Anzeichen für die Zurückgezogenheit und Absonderung, die mein ganzes späteres Leben erfüllen sollte. Was hätte wohl meine Mutter, die sich so sehr um mich sorgte, angesichts dieser Situation gesagt? Dauernd befürchtete sie, ich könnte mich erkälten. Sie steckte mir das Hemd ordentlich in die Hose, bevor ich hinaus durfte, und achtete darauf, dass ich weiterschlief, nachdem sie mich morgens gegen fünf Uhr geweckt hatte, damit ich eine in Olivenöl getränkte Scheibe Weißbrot zu mir nahm.

Sie kannte die Fausthiebe und Schläge der Welt da draußen ja nicht!

Ich erinnere mich, dass ich mich gewaltig geschämt habe. Wie ich mich unter den Blicken der fremden Kinder verhalten sollte, wusste ich nicht. Mehmet hatte Angst, er entschuldigte sich immer wieder. Ich stieß seine Hand weg, mit der er mir helfen wollte, und stand auf. »Dummer Ochse, und jetzt haue ich dir eine herunter«, sagte ich. Er wunderte sich. Die anderen Kinder fingen an zu lachen. Und Mehmet rief: »Na, dann nur zu!«

»Ich werde dich schlagen, und wie! Dagegen wirst du nichts machen können!«

»Versuchs nur, du wirst was erleben!« Er regte sich mächtig auf.

Da winkte ich ihn herbei und sagte: »Hör mir mal gut zu!« Ich flüsterte ihm etwas ins Ohr. Mehmet wurde puterrot und schaute mich mit flehendem Blick an. Er war den Tränen nahe. Die anderen Kinder wussten nicht, was sie davon halten sollten.

»Bleib so stehen«, sagte ich zu Mehmet. »Rühr dich nicht!«

Und dann gab ich ihm einen Fausthieb auf die Nase. Er hob keine Hand, versuchte nicht, sich zu schützen. Seine Nase fing an zu bluten. Ich nahm ein Taschentuch aus der Tasche und gab es ihm. »So, und nun wisch das ab. Jetzt sind wir quitt.«

Dann bin ich unter den erstaunten Blicken der Kin-

der des Viertels, die mich nie so richtig ernst genommen hatten, weggegangen. Ich kam mir ganz toll vor. Ich hatte endlich einen großen Sieg errungen. Aber ich wusste in diesem Augenblick noch nicht, dass die Gewissensbisse, die sich ein paar Tage später meldeten, mich ein Leben lang verfolgen würden.

Mehmet hielt sich zwei, drei Tage von mir fern. Doch dann wurden wir – ohne zu wissen, wie dies geschah – vom unsichtbaren Spinnennetz des Lebens wieder miteinander verbunden. Er vergaß meinen Hieb. Ich dagegen kam von dem Vorfall nie mehr los.

An jenem Tag hatte ich Mehmet ins Ohr geflüstert: »Ich werde dich jetzt schlagen, oder aber ich erzähle meinem Vater, was passiert ist. Dann wirft er deinen buckligen Vater sofort hinaus!«

Wenn ich heute zurückschaue, kann ich verstehen, welche Wirkung meine grausamen Worte auf Mehmet hatten. Der Gedanke an die drohende, schreckliche Armut lähmte ihn und verdrängte seinen kindlichen Stolz.

Wie ich diese Gemeinheit begehen konnte, ist mir heute unverständlich. Wenn ein Mensch sich erniedrigt fühlt und sich schützen will, kann er zu einer grausamen Bestie werden. Ich hatte damals nur im Kopf, Stolz und Ehre wiederherzustellen, an Mehmet dachte ich gar nicht.

Ein Jahr später starb Mehmets Vater. Als sie mich in ihr Häuschen führten, lag er ganz klein auf dem Bett, kaum größer als ein Kind. Mehmet zog mit seiner Mutter zu Verwandten in eine weit entfernte Provinz. Ich habe sie nie wieder gesehen, doch meinen Fausthieb auf seine Nase und dass er – ohne zu zucken – still hielt, ging mir nie mehr aus dem Sinn. Eins ist mir geblieben: Auch wenn man sich rächt, darf man seine Ehre nicht aufgeben. Rache darf nicht gemein sein.

»Was sind das für Gedanken, die dich so beschäftigen?« Der alte Mann wiederholte seine Frage ein paar Mal. Er hatte mich in einem seltsamen Moment erwischt. Mir war nicht klar, ob ich mit ihm sprechen wollte. Der Drang, in der Muttersprache seinen Kummer auszudrücken, kann für einen Menschen manchmal wichtiger werden als alles andere. So kam es, dass zwei Männer in nördlicher Nacht sich auf Türkisch ganz leise unterhielten, während draußen Schneemassen den Wald unter sich begruben, Seen zufroren und Straßen vereisten.

»Ich möchte sterben, wo ich geboren wurde«, sagte ich zu ihm. »Nie wollte ich von dort fortgehen, sondern in meinem Geburtshaus, in der gleichen Straße, unter den mir vertrauten Menschen mein Leben verbringen und später – ganz in Ruhe – wieder verschwinden. Wenn wir nur in einem gerechteren Land lebten, wenn nicht überall Folter, Korruption und Unterschlagung, Grausamkeit und Verlogenheit herrschten ... Wenn die Politiker nicht so schändlich wären.«

Während er mir zuhörte, wiegte er den Kopf, zeigte aber sonst keinerlei Reaktion.

»Wenn die Politiker nicht so schändlich wären«, wiederholte ich. »Wenn sie nicht mit ihren Spatzenhirnen das Land ruiniert und alles auf den Kopf gestellt hätten. Mit ihrer grenzenlosen Dummheit maßten sie sich an, die Gesellschaft umzubauen, und als Resultat ist uns das Land entglitten und für uns verloren.«

Mit röchelnder Stimme fragte er: »Sie finden diese Leute abscheulich, nicht wahr?«

»Ja«, sagte ich. »Ich verabscheue sie so sehr, dass ich sie umbringen könnte.«

Wie würde er darauf reagieren?

Er legte mir die Hand auf die Schulter und schaute mir in die Augen. »Da bin ich ganz deiner Meinung. Auch ich verabscheue diese Menschen.«

Dann fing er an, unsinniges Zeug über seine politischen Rivalen zu erzählen und über deren Versuche, ihn in Misskredit zu bringen. Er verlor sich in tausend Einzelheiten, und als ihm einige Namen nicht einfielen, rief er: »Mein Gott, wie hieß denn der Kerl, der Name liegt mir auf der Zunge!« Er stockte in seiner Rede und zählte noch weitere Vorfälle auf. Er gehörte zu den Leuten, die sich nie auf das Wesentliche konzentrieren können und sich in einem unendlichen Labyrinth von Details verlieren.

Nach einer Weile hörte ich ihm einfach nicht mehr zu und hing meinen eigenen Gedanken nach. Wenn *wir Bürger eines zivilisierten Landes wären, in dem nicht politisches Chaos und Wirrwarr herrschten, würde ich dann zusammen mit Filiz das Leben genießen? Ich malte mir das aus und wurde wehmütig. Die Abscheu vor dem Kerl neben mir nahm noch zu.*

»Ja, junger Mann«, sagte er, »habe ich nicht Recht?«

Ich hatte nicht gehört, was er gesagt hatte. Er hatte mich offenbar schon mehrmals gefragt.

»Was meinen Sie?«, sagte ich.

Darauf wiederholte er: »Alles, was du mir da sagst, ist kein Zukunftstraum. Ich meine deine Klagen: Wäre doch nicht … oder: Ach, wenn doch … Alles bezieht sich auf die Vergangenheit. Hast du denn gar keine Vision von der Zukunft?«

Da wurde mir mit Erschrecken klar: Ich weinte einem verlustreichen Leben nach, doch über das, was kommen sollte, hatte ich keine Gedanken.

Zunächst wusste ich nicht, was ich darauf entgegnen sollte, doch dann stellte ich einige respektlose Fragen. »Na schön. Was hat denn eine junge, gesunde Person wie Sie für Vorstellungen von der Zukunft?«

Er ging nicht auf meine Ironie ein, sondern sagte: »Wenn ich diese Krankheit überstehe, werde ich mich auch in diesem schönen Land niederlassen. Mit meinem Einkommen werde ich gerade so leben können. Mir gefällt es hier sehr gut. Es sind ja nur acht Millionen Einwohner … Die Leute sind verständig, es passiert nichts Schlimmes, keine kriminellen Vorfälle.

Dieses Land zu führen und zu verwalten, ist sehr leicht. Der Job jedes türkischen Provinzgouverneurs ist schwieriger als die Aufgaben des schwedischen Ministerpräsidenten.«

»Wie denn das?«

»Weil unsere Leute aufsässig sind. Sie stellen sich allem entgegen. Eine verdorbene Gesellschaft. Wenn man sie nicht dauernd unter Druck setzt, begehren sie sofort auf. Deshalb muss man sie ständig unter der Knute halten.«

»Sie sind ekelhaft«, flüsterte ich, doch so leise, dass er es nicht hörte.

»Ich werde mir in Schweden ein kleines Haus mieten und jeden Tag in den stillen Straßen spazieren gehen. Wenn ich meine drei Wohnungen in Ankara verkaufe, kann ich hier jahrelang gut leben. Es gibt gesundes Essen, und die Luft ist sauber. Das passt mir gut ... Für die in Ankara, für die Nichtsnutzigen, die nur darauf warten, dass ich sterbe, wird es nichts zu erben geben. Besucht man seinen Vater denn nicht, wenn er krank ist? Das bedrückt mich sehr.«

Ich konnte dieses Gerede nicht mehr ertragen und ging einfach weg.

Auch mein Schriftstellerfreund hat über dieses Zusammentreffen mit dem Alten berichtet. Aber seine Version war so nichtssagend, dass ich sie einfach nach den ersten Sätzen herausgestrichen habe. Nur sein

Schluss ist gut. Seine Version geht so: »Sami verließ den alten Mann. Auf dem Flur – unterwegs zu seinem Zimmer – musste er über den riesigen Unterschied nachdenken, der zwischen ihm und dem alten, todgeweihten Mann bestand. Er selbst war der Vergangenheit verhaftet, hatte keine Visionen und Träume, der Greis dagegen plante voller Kraft für die Zukunft.«

Ja, so war es. Mich haben die Vorstellungskraft und der Lebenswille des alten Mannes, der schon mit einem Bein im Grab stand, erschüttert. Er hat mich noch einmal daran erinnert, dass die Zukunft, von der ich nichts erwartete, wie ein schwarzes Loch vor mir lag.

Doch noch mehr verletzte mich etwas, worüber mein Schriftstellerfreund nichts wusste: Jedes Mal, wenn ich mich an Mehmet und seine blutige Nase erinnerte, konnte ich mich des Gedankens nicht erwehren, dass ich genauso gemein gehandelt hatte wie der Alte.

6

Sami musste über Necla lachen, mit der er in der Kantine im Erdgeschoss des Krankenhauses zusammensaß und die vor Überraschung die Augen in ihrem runden Gesicht weit aufriss. Aber auch über Adil, der aufsprang und »Das gibts doch nicht!« ausrief. Immerhin hatte Sami inzwischen etwas Zeit gehabt, sich an den Gedanken zu gewöhnen, dass er mit dem ehemaligen Minister im gleichen Krankenhaus lag. Für Adil und Necla war es dagegen eine unglaubliche Überraschung. Aber die Sache war ernst. Necla hatte kurz zuvor in einer türkischen Zeitung gelesen, dass der bewusste Mann krank sei und sich im Ausland behandeln lassen wollte. Ein Zufall wie dieser passiert wohl nur einmal in tausend Jahren.

Adil meinte, solche Typen würden sofort krank, wenn sie ihre Macht verlieren und ihre große Zeit um ist. So war es auch mit ihm, dem Minister des Ausnahmezustands, der sich durch seine Unbarmherzigkeit Ruhm erworben hatte. Während des Ausnahmezustandes war er ein mächtiger Mann. Er hatte sich das volle Vertrauen der Militärs erworben, die das Land lenkten. Er tat alles, damit dem Militärregime nur ja kein Haar gekrümmt wurde. Aber alles hat seinen Preis, das ist sicher. Und der mächtige Minister musste diesen Preis bezahlen, nachdem die Militärs abgetreten waren, denn die Zivilisten machten ihn zur Zielscheibe ihrer Rache. Er fiel bei den neuen Führern in Ungnade und wurde nicht in das neue Kabinett aufgenommen. Nicht einmal einen Sitz im Parlament hatte er bekommen. Er wurde beiseite geschoben und für alle schmutzigen Dinge verantwortlich gemacht. Überdies veröffentlichte die Presse belastende Artikel über ihn. Seine Parteifreunde zogen sich zurück. Ja, es wurden sogar einige Prozesse gegen ihn angestrengt. Kein Wunder, sah er sich als Sündenbock. Zuerst tut man seine Pflicht, dann wird man fallen gelassen ...

Aber das war jetzt nicht wichtig. Das Leben bot ihnen eine historische Chance. Jetzt musste über das weitere Vorgehen beschlossen werden. Dieser Fall musste im Lichte der revolutionären Praxis analysiert werden. Die Genossen würden noch heute Abend eine Sitzung abhalten und Sami dann ihren Beschluss übermitteln.

Adil sprach immer so gestelzt, wie gedruckt. Dabei wurde es Sami ganz schlecht. Außerdem wusste er jetzt schon, wie sie entscheiden würden.

Am nächsten Morgen kam Bülent ins Krankenhaus, um Sami zu besuchen. Er war aufgeregt, verängstigt und traurig. Er hatte die Diskussion, die am Abend zuvor im Haus am See stattgefunden hatte, noch nicht ganz verarbeitet. Der Entschluss der Versammlung hatte ihn erschreckt. Ihre unterschiedlichen Auffassungen, die schon so lange bestanden, wie das politische Exil dauerte, waren nun wieder an die Oberfläche gekommen. »Es geht um Mord!«, sagte Bülent. »Sie haben beschlossen, ihn umzubringen!« Der Alte sollte liquidiert werden. Adil habe sich am glühendsten dafür eingesetzt. Er fühlte sich wohl schon lange unausgefüllt und schien auf eine solche Gelegenheit nur zu warten. Der Gedanke, den alten Mann umzubringen, hatte ihn in eine geradezu sinnliche Lust gestürzt. Er meinte, diese Angelegenheit würde dem revolutionären Geist, der seit langem keine rechte Aufgabe hatte und in diesem nördlichen, eisigen Labor Winterschlaf zu halten schien, ungeheuren Auftrieb geben.

Bülent hatte sich dagegen ausgesprochen, doch er stand allein. Necla unterstützte natürlich ihren Mann. Und die Jungen wie Nihat standen unter dem Einfluss von Adil, der ihr großes Vorbild war. Der Gedanke, aktiv zu werden, versetzte auch ihn in Erregung. Bülent glaubte, man werde die Tat nicht mehr verhindern können.

Sami erschrak. Er hatte das Gespräch mit Adil und seinen Leuten bisher gar nicht recht ernst genommen. Die erste Aufregung darüber, dass er sich am gleichen

Ort wie der alte Mann aufhielt, hatte sich gelegt. In der ersten Zeit hatte es ihm ein seltsames Vergnügen bereitet zu wissen, dass dieser einst unerreichbare Mann nun in seiner Hand war. Er hatte das erregende Gefühl ausgekostet, ihn töten zu können. Nun erfüllte ihn mehr Neugierde und interessiertes Beobachten. Doch nun wurde die Angelegenheit ernst, denn ein Mord war kein Spiel mehr. Bülents Besuch konfrontierte Sami, der in eine Traumwelt abgetaucht war, mit der ungeschminkten Wahrheit. Adil hatte gesagt: »Er muss bestraft werden, das haben wir beschlossen!« Nun würde die Gruppe einen Plan machen. Sami hatte keinen Zweifel daran, wer der Vollstrecker sein würde.

An diesem Abend saß Sami im Fernsehzimmer, als seine Vergangenheit ihn plötzlich wieder einholte. Nicht nur die Seele, auch sein Körper erlebte das vergangene Leid noch einmal.

Sein Körper erinnerte sich, wie es ihm im Militärgefängnis kalt über den Rücken gelaufen war. Jeden Morgen von neun bis zehn Uhr das gleiche Schaudern. Die ganze Nacht hatte er darauf gewartet, dass sie ihn zur Folter führen würden. Beim Motorengeräusch eines jeden Autos, das durch das Tor der Garnison hereinfuhr, schlug sein Herz bis zum Hals. Immer zwischen neun und zehn Uhr morgens kam ein kleiner, hellbrauner Dienstlastwagen angefahren. Die

Gefangenen drängten sich an den Gittern, um das Auto zu sehen. Sie wussten genau, dass die Beamten jetzt auf der Wache die Personen auswählten, die an diesem Tag verhört werden sollten. Wenn sich die Wärter mit Handschellen und schwarzen Augenbinden den Zellen näherten, schlugen die Herzen der Gefangenen wie wild. Wenn das Klirren der Handschellen lauter wurde, drehte es sich nur noch darum, wessen Namen an diesem Tag aufgerufen würde. Das Verlesen des Namens war wie der Tod, doch das Warten darauf war schlimmer als der Tod.

Sie holten die Gefangenen, wenn sie sich gerade in den hölzernen Kojen ausstreckten, sie führten sie ab, wenn sie gerade den Rosenkranz, so wie man es im Gefängnis macht, von einem Finger auf den anderen gleiten ließen. Oder sie brachten sie weg, wenn sie gerade den Erbsenbrei aus der Aluminiumschale aßen, wenn sie Tee tranken oder eine Zigarette drehten. Es konnte jedem passieren. Alle Gedanken der Gefangenen konzentrierten sich nur auf diesen Moment. Sie versuchten sich in Gedanken abzuhärten und vorzubereiten. Sie stellten sich darauf ein, dass auch sie so zugerichtet würden wie die Häftlinge, die nach der Folter wie ein Sack in die Zelle geworfen wurden. Dass mit ihnen passierte, was den anderen zugestoßen war. Die erbarmungslosen, kaltblütigen Regeln einer solchen Foltersitzung waren mit der Schärfe eines Skalpells in ihr Hirn eingeschnitten. So war ihr

Körper inzwischen auf den Schmerz vorbereitet, doch nicht ihr Geist.

Die Abtransportierten wurden einige Tage beim Appell als anwesend gezählt. Das war schrecklich. Offiziell waren sie im Gefängnis. Ihre Namen waren hier, aber ihre Körper an einem anderen Ort. Einem Ort, den es offiziell nicht gab, den niemand kannte, über den nicht gesprochen wurde. Kein Verhörter hatte eine Vorstellung davon, in welche Richtung er gefahren war. Denn bevor sie in diesen Lieferwagen steigen mussten, legte man ihnen Handschellen an und verband ihnen die Augen.

Beim Appell wurden ihre Namen verlesen, und ohne eine Antwort abzuwarten, trug man sie als anwesend ein. Nach ein paar Tagen waren sie auch wieder körperlich im Gefängnis. Wenn man, was ins Gefängnis zurückgebracht wurde, noch Körper nennen konnte. Am ersten Tag nach der Rückkehr wanden sie sich unter unglaublichen Schmerzen. Jeder in den Gemeinschaftszellen fühlte sich verantwortlich, sie zu pflegen. Man wartete, bis sie zu sich kamen – wie am Bett eines Schwerkranken herrschte ehrfurchtsvolle Stille. War ihr Körper sehr böse zugerichtet, konnten sie vor Schmerzen nicht auf dem Bett liegen. Um die geschundenen Geschlechtsorgane nicht zu belasten, setzten sie sich in einer seltsamen Position auf die Kanten zweier Stühle. Am zweiten Tag ging es ihnen dann ein wenig besser, und sie begannen Einzelheiten zu erzählen. Die Folterzelle würden sie nicht noch einmal aushalten. Die Elektrofolter war noch die leichteste der Qualen. Und immer rieten sie den noch nie zum Verhör Geführten: »Schreit laut! Schreit, so laut ihr könnt!«

Dann passierte eine komische Sache. Die unerträgliche Tragödie entwickelte ihren eigenen Humor und alle begannen über die Foltergeschichten zu lachen. Von den Wänden der Gemeinschaftszelle hallte das irre Lachen der Männer. Auch der Betroffene lachte, als erzähle er eine lustige Geschichte. Und er schmückte seinen Bericht noch mit komischen Einzelheiten aus.

Unter ihnen war auch ein Universitätsassistent, der gerade eine Gehirnoperation hinter sich hatte. Sein Kopf war deshalb rasiert. Auf seiner Kopfhaut sah man die rosa Narbe der Operation. Als die Folter begann, sagte er den Henkern, dass er gerade eine Gehirnoperation hinter sich hatte. Er hatte sich ausgerechnet, dass sie sich deshalb etwas zurückhalten würden, aus Angst, er könnte ihnen unter den Händen wegsterben. Die Gefangenen um ihn herum fragten voller Neugier: »Und, was haben sie gesagt?«

»Was sollen sie schon gesagt haben?«, erwiderte der junge Assistent. »Sie haben das Ende des elektrischen Drahts in die Naht der frischen Operationswunde gesteckt.«

Darauf packte den ganzen Saal – besonders aber den Erzähler selbst – ein hysterischer, völlig verrückter Lachkrampf. Sie lachten, bis ihnen die Tränen aus den Augen schossen. Sami kam das Gelächter viel schrecklicher vor als ihr Weinen.

Ein anderer Gefangener erzählte, dass die Henker während der Folter Fladenbrote gegessen hatten. Sie waren von einem Laden draußen gebracht worden. Dabei folterten sie einen auf dem Boden liegenden Jungen mit Strom. Gleichzeitig stritten sie darüber, welches Brot mit Hackfleisch und welches mit Käse gefüllt war. Dann verteilten sie die Flaschen mit Buttermilch. Ihre heftige Auseinandersetzung darüber, ob eine Teigtasche nach Bafra-Art ganz geschlossen oder halb offen sein musste, wurde von den schrillen Schreien des Jungen unterbrochen, der gerade an Penis und Hoden mit Elektroschocks gefoltert wurde. Deshalb riefen die Henker ab und zu: »Nun halt endlich das Maul! Du willst ein Mann sein, dabei schreist du wie ein Weib!«

Einen anderen hatten sie bis zum Hals in den Boden eingegraben. Von diesem Platz aus sah er einen gelben Kanarienvogel in einem Käfig. Wie er berichtete, hatte ihm die Anwesenheit des Vogels die meisten Schmerzen bereitet. Dieser Kanarienvogel war unwirklich, denn er erzählte von einer Welt außerhalb und zerstörte die logische Einheit dieser Hölle. Der Vogel erinnerte ihn an seltsame Dinge. Wenn dieser Vogel nicht gewesen wäre, sagte der Gefangene, hätte er die Folter viel leichter ertragen.

In der großen Gemeinschaftszelle lebten sie wie in einer Kommune. Das Geld, das tägliche Leben, der Tee, die Zigaretten, die Zeitungen, alles war Gemeingut. Doch jeden Morgen zwischen neun und zehn Uhr war von dem Gemeinschaftsgefühl nichts mehr übrig. Jeder war mit sich allein. Jeder fühlte sich wie ein Tier, das hoffte, sich vor den Jägern retten zu können. In diesem Moment gab es keine Freundschaft, Anteilnahme, Warmherzigkeit oder Solidarität mehr.

Wenn es nicht ihr eigener Name war, fühlten sie sich nach jedem verlesenen Namen erleichtert. Wurden nur drei Namen aufgerufen, freuten sie sich überschwänglich. Es war wie die Lebensfreude eines Rehs, das sich vor den Kugeln der Jäger nach wilder Flucht hinter einige Büsche rettete. Für diesen Tag waren auch sie gerettet. Die Wärter würden zwar am nächsten Tag wiederkommen, aber vierundzwanzig Stunden waren wie ein langes Leben.

Doch dann dachten sie an die drei Gefangenen, deren Namen aufgerufen worden waren. Wenn sie herausgeholt wurden, wenn ihnen mit schwarzem Band die Augen verbunden wurden, wenn die Handschellen zuschnappten, erfasste sie ein seltsames Gefühl der Scham, als hätten sie ihre Mitgefangenen verkauft. Als hätten sie ihre Mithäftlinge geopfert.

Als eines Morgens Sami an die Reihe kam, seine Augen verbunden wurden und seine Hände gefesselt, als er auf den Lastwagen gebracht wurde, dachte er an nichts, außer an dieses Gefühl von Scham und Schuld, das in diesem Moment seine Mitgefangenen erfassen würde. Denn diese Situation gestattete kein anderes menschliches Gefühl.

Sami bemerkte, nachdem er lange in sich versunken war, dass im Fernsehen die Weihnachtsvorbereitungen in Stockholm gezeigt wurden. Eine Liveübertragung. Die Schaufenster waren mit Weihnachtsbäumen dekoriert, die Straßen voller Menschen. In Pelz gekleidete Passanten trugen bunte Geschenkpakete. In Kungsträdgården liefen junge Leute Schlittschuh. Dazu spielte Musik. Dichter Schnee fiel auf Stockholm und verwandelte es in eine Märchenstadt. Stadt und Straßenlaternen waren mit weißer Spitze überzogen.

Stockholm war bereit für »Jul«, das Weihnachtsfest.

Handschriftliche Notizen

Stockholm feierte Weihnachten, und wir bereiteten einen Mord vor. Dabei hatte ich überhaupt kein revolutionäres Feuer im Blut, oder irgendeinen theoretisch-praktischen Unsinn ...

Wenn sie von mir verlangten, die Sache zu übernehmen, mussten sie sich an meine Bedingungen halten: Die Hinrichtung hatte am 3. Januar zu erfolgen. Dieser Zeitpunkt war unabdingbar. Und wenn möglich sollte es zu einer bestimmten Stunde sein. Abends zwischen sieben und acht Uhr. Das war meine Bedingung.

Bülent mochte ich am meisten von meinen Stockholmer Freunden. Aber in dieser Angelegenheit verstand er mich nicht. Er war der Ansicht, dass ich vor den Befürwortern der Aktion kapituliert hatte. Er dagegen lehnte den Mord ab. Und innerlich gab ich ihm ja Recht. Er war ein vernünftiger, ein realistischer Mensch und ließ sich nicht von irgendwelcher Paranoia einfangen. Typen wie er waren in Ländern wie der Türkei geradezu Anwärter darauf, vernichtet zu werden. Sie waren zu weich. Wie auch ich es früher war. In meinen Jahren als Hund.

Früher kannte ich weder Gefängnis noch Folter. In diesen streng kontrollierten, angstbeherrschten Städ-

ten unter Ausnahmezustand war ich glücklich – denn nachdem ich mit meiner Mutter gesprochen hatte und die Heirat von der Familie beschlossen worden war, hatte man in Istanbul um die Hand der Braut angehalten. Zwar wurde Filiz von ihnen nicht so ganz akzeptiert – das merkte ich schon –, doch ich machte mir nichts daraus.

Genau gesehen hatten sie gegen Filiz nichts einzuwenden. Meine Mutter mochte sie sehr. Aber zu den Nachbarn sagte sie, dass meinen Verwandten Filiz' Familie und Herkunft nicht passte. In unserer Familie, die vom einst türkischen Balkan stammte und ganz helle Haut hatte, war sie – aus dem Osten der Türkei stammend – nicht so gut gelitten. Bei uns hörte man oft das Vorurteil, dass die Leute aus Anatolien einen dunklen Teint hätten. Und wenn man jemanden nicht besonders sympathisch fand, dann hieß es gleich: »Na ja, der kommt eben aus Anatolien!« Man legte Wert auf die europäische Herkunft der Familie, auf ihre helle Haut und die grünen Augen. Sie konnten einfach nicht aufhören, von ihren Ländereien in Skopje zu schwärmen, und mit jedem Mal wurde ihr einstiger Grundbesitz etwas größer. Sie erzählten von den weißen Bärten der Vorfahren und dem wunderbaren Geschmack des Obstes in ihrem Garten. Und wie sie bei der Flucht vor den grausamen Ungläubigen im Balkankrieg ein Huhn im Topf stehen gelassen hatten. Und wie die Mütter vor Hunger ihre kleinen

Kinder zurücklassen mussten. Das alles wurde wie ein Märchen von Generation zu Generation überliefert. Und sie waren ihren Vorfahren unendlich dankbar, dass sie in Ankara mit dem ehrlich erworbenen Geld, mit den mitgebrachten Goldmünzen, eine segensreiche neue Existenz aufbauen konnten.

Und noch immer wurden zu Hause jeden Tag spinatgefüllte Teigtaschen und Süßspeisen zubereitet, und man aß geröstete Paprikaschoten, die mit Ziegenkäse gefüllt waren. Nur die Gerichte aus der alten Heimat schmeckten ihnen richtig. Und diese Familie sollte nun hingehen und um die Hand eines Mädchens kurdischer Abstammung anhalten.

Als ich Filiz davon erzählte, erfüllte sie dies mit Kummer. Da brauchte man nur an der Oberfläche zu kratzen, und es kamen tausend Vorurteile heraus. In ihrer Familie wurden die Balkan-Türken »Angeber« oder »die vom anderen Kontinent« genannt. Und es hieß, denen könne man nicht vertrauen. Die Selbstherrlichkeit der Balkan-Türken, aber auch ihr Essen fand man widerwärtig. Hatten nicht die Menschen in Anatolien im Krieg ihr Blut vergossen und gegen den Feind gekämpft? Hinterher kamen dann diese »Angeber« und nahmen sich die besten Plätze. Kein Wunder, sind sie so reich geworden. Das Geld, das er uns vorenthielt, hat der Staat an die »Aufschneider« vom Balkan verteilt ...

Wir diskutierten über diese Themen, doch wir lachten darüber. Ich sprach in meinem Dialekt, sie in ost-

anatolischer Mundart. So nahmen wir uns gegenseitig auf den Arm.

Ich nannte sie eine »waschechte Kurdin!«
Sie rief: »Du unverfälschter Albaner!«
Über diesen Blödsinn lachten wir so, dass wir Seitenstechen bekamen. Wir warfen uns aufs Bett und schlugen einander dort mit Fäusten.
»Wenn du mich so nennst, dann nimm das!«
Vor lauter Lachen bekamen wir keine Luft. »Hör auf, Filiz!«, rief ich. »Ich halte das nicht aus! Hör auf!«
Dann tat ich, als habe sie mir wirklich wehgetan, und versuchte sie festzuhalten. Doch dieses Mädchen wand sich wie ein Aal aus meinen Armen. Dann ging die Jagd durch die Wohnung los. Manchmal machten wir sogar Kissenschlachten; es war kaum zu glauben. Die Nachbarn begannen an die Wand zu klopfen. Wir unterdrückten das Lachen, rannten in die Küche und kicherten in einem fort. Wir wurden wieder zu Kindern, doch wir schämten uns dessen nicht. Wir sagten uns die abgedroschensten, kitschigsten Sachen, und sie kamen uns wie neue, großartige Gedichte vor.

Vielleicht war es ja so, dass die Liebe uns alle Scham verlieren ließ. Sodass zwei Personen sich nicht mehr voreinander schämten, vor keiner Dummheit zurückschreckten. Nur mit Filiz habe ich solche Sätze ausgetauscht, nur zu ihr habe ich solche Sachen gesagt, ich hätte es nie ertragen, wenn eine dritte Person mitgehört hätte.

Beim Niederschreiben dieser Anmerkungen nach so vielen Jahren stelle ich fest, dass ich ganz kindlich und einfältig vorgehe. Ich bilde so schlichte, so simple Sätze, dass ich sogar meinen Freund, der den Roman schreibt, damit auf die Palme bringe. Denn anders kann ich die reine Unschuld der Tage, die ich mit Filiz verlebt hatte, die Zeit des kurzen Glücks nicht ausdrücken. Es war wahrhaftige Unschuld. Wir waren unschuldig, wir vergnügten uns wie die Kinder. Wir afften Sachen nach, wir schworen die heiligsten Schwüre. Wir ließen uns forttragen auf der Welle der Sentimentalität der Fotoromane und sagten uns verrückte Sachen. Von diesem Spiel waren wir ganz gefangen. Mein Leben hatte neuen Schwung bekommen, es unterschied sich völlig von den kalten, intellektuellen, zurückgezogenen, zweifelnden in Ankara alleine verbrachten Jahren. Ich sah die Welt nicht mehr nur durch die Linse des Suchers. Filiz' schlichtes, einfaches Leben und ihre jugendliche Freude hatten mich total verändert. Deshalb bitte ich den Leser und auch meinen Schriftstellerfreund, meine Sprache und meinen Stil zu entschuldigen, wenn ich von Filiz berichte …

Doch ich will fortfahren: Eines Tages fuhr meine Familie mit dem Peugeot meines Vaters bis zum Tor des Wohnblocks in Kartal. Dieser silbergraue Wagen war ihm so wertvoll, dass er keinen anderen ans Steuer ließ. »Ihr macht ihn nur kaputt. Ihr versteht nichts von dem Wagen.«

Filiz' Familie wohnte im obersten Stockwerk. Meine Mutter, die sehr beleibt war und hohen Blutdruck hatte, war knallrot angelaufen und völlig außer Atem, als sie im fünften Stock ankam. Aber sie versuchte sich nichts anmerken zu lassen.

Hätte man das Treffen der beiden Familien gefilmt, hätte man alle die Dialoge, wie sie hier ganz real abliefen, für eine schlechte Erfindung gehalten. Jeder war liebenswürdig, verständnisvoll und gesittet. Ob Angeber vom Balkan oder Südost-Anatolier, in der Heuchelei standen sie einander in nichts nach. Die Frauen fielen einander sofort um den Hals. Um ihr Rouge nicht zu verwischen, berührten sie sich nur mit den Wangen. Sie spitzten die Lippen und küssten in die Luft. Die Männer gaben sich tiefgründigen Konversationen hin. Niemand schien zu bemerken, dass Filiz' Vater in der Fabrik einen Arm verloren hatte. Den leer herumflatternden Ärmel seines Jacketts bemerkten sie gar nicht. Nach einigen vergeblichen Versuchen, ein gemeinsames Thema oder gemeinsame Bekannte zu finden, kamen sie auf allseits bekannte Personen zu sprechen. Vielleicht gaben sie auch nur vor, sie zu kennen. Wer sie so hörte, musste den Eindruck gewinnen, dass mein Vater mit sämtlichen Balkan-Türken und Filiz' Vater mit Millionen von Kurden befreundet war.

Dann wurden Tee und Kaffee gereicht, Kuchen, Kekse und Blätterteigtaschen wurden serviert. Als Fi-

liz meinem Vater Kaffee kredenzte, war sie ganz auf die Tasse fixiert. Sie bewegte sich wie ein Roboter. Denn ich hatte ihr gesagt: »Wenn du kleckerst, ist alles aus. Dann schlägt mein Vater zu! Bräuten, die sich so dumm anstellen, reißt er sofort den Kopf ab.« Na ja, noch so ein dummer Scherz. Sie erinnerte sich daran und biss sich in die Lippen, um nicht lachen zu müssen. Sie machte alles so, wie es von ihr erwartet wurde. Mein Vater richtete sich feierlich auf und hüstelte. Er wollte nun mitteilen, was der Grund dieses Besuches war. Doch jeder wusste natürlich, was er nun sagen würde.

Zuerst kamen die traditionellen Formeln: »So lautet Gottes Befehl, überliefert vom Propheten … Wenn die Kinder einander lieben und Gott es so vorgesehen hat …« Nachdem diese obligatorischen Passagen auch erledigt waren, rückte mein Vater mit der Sprache heraus. Die eigentliche, gute Nachricht hob er sich bis zuletzt auf: Er berichtete zur großen Verwunderung aller, dass er mit dem Besitzer der Wohnung gesprochen hatte, in der ich zur Miete wohnte, weil er die Wohnung für uns kaufen wollte. Das war schon fast zu viel des Glücks. Ich bemerkte, wie Filiz sich riesig freute.

»Mensch! Bravo, Vater!«, dachte ich. »Alle deine Sünden seien dir verziehen.«

Meine Mutter hatte wie immer ihr etwas geziertes Lächeln auf die Lippen gezaubert und saß da, den

Blick fest auf die Tischkante geheftet. Sie tat völlig unbeteiligt, dabei hatte sie doch die entscheidenden Fäden gezogen.

Und dann kam, was immer kam. Die üblichen Hochzeitsvorbereitungen, die Schreibereien mit dem Standesamt, die gemeinsamen Träume und die kleinen Streitereien beim Einrichten der Wohnung ...

Sirikit richtet sich abrupt auf, sie richtet ihre durchdringenden Augen auf mich, schaut durch mich hindurch. Sie hat wohl die ansteigende Spannung im Zimmer gespürt. Ich habe Mühe, die Worte zu finden. Vom vielen Rauchen ist mir schwindlig geworden. Mein Blut ist wie vergiftet.

Sirikit springt auf den Tisch und macht einen Katzenbuckel. Sie spaziert vor mir herum.

Ja, genau an diesem Tag. Am 3. Januar ...

Als wir mit dem alten Volkswagen nach Kartal fuhren, sprachen wir über die Gardinen. Ich sagte: »Es muss schon ein Tüllvorhang sein.«

Sie widersprach mir ungehalten: »Wer wird uns denn besuchen? Ein normaler Stoffvorhang ist ausreichend. Ich finde Tüllgardinen widerlich. Es kommt noch so weit, dass du dich nicht schämst und auch noch Plastikblumen hinstellst.«

»Ja«, sagte ich. »Hast du denn vergessen, dass ich ein kleinbürgerlicher Bastard bin?«

Darauf streichelte sie mit der Hand mein Gesicht

und sagte liebevoll: »*Mein Herz, mein Leben!*« *Wenn sie mich am meisten liebte, nannte sie mich so.*

Da der Verkehr sehr dicht war, konnte ich mich nicht zu ihr umdrehen, aber ich lächelte. Ich küsste ihre Hand, die mein Gesicht streichelte.

Wieder sagte sie es: »*Mein Herz, mein Leben!*«

An diesem Tag schneite es. Dann stockt jeweils der Istanbuler Verkehr. Denn die Wagen fahren langsamer, und es gibt mehr Unfälle.

Schließlich erreichten wir Bostanci, danach kamen wir besser durch. Im Radio spielten sie alte Stücke. »*Sealed With a Kiss*« *war wieder in Mode. Die Heizung im Auto und das Lied im Radio erwärmten uns. Wir beide mochten es sehr.*

Da passierte etwas.

Wenn Sie mich genau fragen, kann ich nicht sagen, was es war. Als wäre der Wagen irgendwo angestoßen. Irgendetwas war anders. Schleuderten wir, oder hielten wir an, ich weiß es nicht. Meine Erinnerung will sich nicht auf diesen Moment einlassen.

Ich hielt an. Klammerte mich am Lenkrad fest. Der Wagen fuhr nicht weiter. Wir stoppten mitten auf der Straße. Ein helles Licht kam näher. War es eine Ambulanz, ein Militärfahrzeug, oder ein Polizeiwagen? Oder hatte es mit uns gar nichts zu tun?

Ich weiß es nicht. Glaubt mir doch, ich weiß es nicht.

Es war wohl nicht sehr viel Zeit vergangen, denn im

Radio spielten sie immer noch »Sealed With a Kiss«. Da wurde plötzlich auf meiner Seite die Tür aufgerissen. Ich hörte Rufen und Schreien. Jemand schlug mir an den Kopf. Ich wendete mich um und schaute zu Filiz. Ich weiß nicht, warum ich nicht schon zuvor in diese Richtung geschaut hatte. Vielleicht war gar nicht viel Zeit vergangen. Alles hatte sich innerhalb von wenigen Sekunden abgespielt.

Ein Scheinwerfer von draußen beleuchtete für einen Moment Filiz' Gesicht. Dann war es wieder dunkel, danach wieder hell, dunkel, hell ...

Die Hälfte von Filiz' Gesicht fehlte. Die Hälfte ihres zerschmetterten Schädels war weggeflogen. Eines ihrer Augen hing an einem ganz dünnen Nerv und pendelte hin und her. Hatte ich in diesem Moment geschrien? Habe ich laut »Filiz« gerufen? Habe ich versucht, sie zu berühren? Oder bin ich gleich ohnmächtig geworden? Habe ich mich gefürchtet? Ich weiß es nicht. An dieser Stelle meiner Erinnerung ist ein weißer Fleck. Außer an ihr halb zerstörtes Gesicht kann ich mich an nichts erinnern.

Ihre letzten Worte waren »Mein Herz, mein Leben!«. Mit so viel Wärme und so liebevoller Stimme gesagt: »Mein Herz, mein Leben!«

So hat mich nie wieder jemand genannt.

7

»Läs för katten!« Genau so stand es auf dem Plakat. Und obwohl Sami stundenlang davor stand, konnte er diesem Satz keine Bedeutung abgewinnen. Wenn man die einzelnen Wörter betrachtete, dann stand »läs« für »lies«, »för« bedeutete »für«, und »katten« hieß »die Katze«. Aber »lies für die Katze« oder »lies der Katze vor«, das machte doch keinen Sinn!

Das Plakat hing in der Krankenhausbücherei im Erdgeschoss. Auf den Regalen standen eine Menge Bücher, aber Sami interessierte sich für keines. Jeden Tag kam er hierher, um das Plakat anzusehen. Er setzte sich davor und schaute es an. Das Plakat war von einem guten Grafiker gestaltet worden und zeigte eine Katze. Sie hatte sich wie ein Mensch vor Bücherbrettern, die in eine Giebelschräge eingepasst waren, auf dem Boden ausgestreckt. Ihren Kopf stützte sie auf eine Pfote und las in einem großen Buch. Eine gelbe Katze mit großem Kopf, riesigen Ohren und einem langen Schwanz. Sie hatte nicht die gleichmäßigen Körpermaße Sirikits. Der Grafiker hatte wohl absichtlich – nach Art einer Kinderzeichnung – eine andere Perspektive gewählt. Vielleicht sah die Katze deshalb etwas unproportioniert aus. Sie las mit weit geöffneten Augen. Auch deshalb kam Sami die Schrift auf dem Plakat unverständlich vor: »Lies für die Katze!« Es war doch die Katze selbst, die las. Tagelang dachte er nach, doch er konnte dieses Rätsel nicht lösen. Am Ende fragte er die Bibliothekarin. Sie hatte sich schon daran gewöhnt, diesen schmächtigen Patienten jeden Tag hier zu sehen. Die blonde, etwas untersetzte Frau, die sich langsam den Fünfzig näherte, lächelte und erklärte Sami, dass »för katten« eine Redewendung sei. Im Sinne von: »Na, los jetzt!« Also war das ein Wortspiel. »Läs för katten!« hieß so viel wie: »Nun, lies doch endlich!«

Sami war beruhigt und konnte endlich das Katzenplakat vergessen, das ihm tagelang durch den Kopf gegangen war. Er suchte die Bücherei nun nicht mehr auf. Die Tage im Krankenhaus vergingen schleppend, und wenn er den alten Mann nicht sah, wusste er nichts mit sich anzufangen. Aus den Gesprächen mit den Ärzten war ihm klar geworden, dass sie ihn für einen Hypochonder hielten. Am Anfang hatten noch einige Ärzte mit ihm gesprochen, später blieb nur der Psychotherapeut übrig. In den Sitzungen versuchte der junge Arzt mit ihm ein Vertrauensverhältnis aufzubauen. Zielstrebig sprach er jeden Tag mit Sami. Er ließ erkennen, dass er sich um sein Wohlergehen und seine geistige Gesundheit sorgte. Sami begriff, dass er für den Arzt ein normaler Patient war, ob Schwede oder Flüchtling, spielte dabei keine Rolle. Das beschämte ihn ein wenig. Die Vorurteile der Flüchtlinge schienen ihm nun unsinnig, hatte das Land nicht seine Arme geöffnet und ihnen ein neues Leben ermöglicht? Es war ein gutes Land. Bewohnt von aufrichtigen Menschen wie diesem Arzt. In dieser verrückten Welt war wenigstens hier im Norden noch alles in Ordnung. Jeden Tag wurde ihm der Arzt – er hieß Nils – etwas sympathischer. Denn er behandelte ihn nicht wie ein Kind, sondern versuchte seinen Verstand anzusprechen. Nils erklärte ihm, dass die hypochondrischen Kranken jeden Schmerz in ihrem Körper, jede kleine Störung überbewerten. Jeder Mensch hat irgendwelche Symptome, aber die meisten achten nicht darauf. Doch Leute wie Sami, die in sich hineinhörten und die nach Anzeichen suchten, gab es eben auch. Diese Patienten ergriff Panik. Man nannte dies »General Anxiety Syndrome«. Und Sami leide zudem unter Halluzinationen.

Diese Erläuterungen taten zwar Sami gut, doch das Wichtigste erzählte er dem Arzt nicht: Die Anwesenheit des alten Mannes brachte ihm schnelle Besserung. Wenn er ihn sah, vergaß er die alltäglichen Kümmernisse. Er fühlte, dass er auf ein größeres Ziel zusteuerte. So stellte er fest, dass seine »kompulsiven« Probleme – zum Beispiele nur auf jede zweite Bodenplatte zu treten – langsam abnahmen. Wenn er auf den Fluren des Krankenhauses herumlief, konnte er inzwischen ganz leicht von den mit farbigen Linien auf den Boden gezeichneten Wegen auf andere Spuren wechseln.

Doch Nils gab irgendwie keine Ruhe. In den täglichen Therapiesitzungen ließ er ihn dauernd von seinem Leben in der Türkei, seiner Kindheit erzählen und versuchte alles Mögliche zu erfahren. Was sein Vater und seine Mutter für Menschen waren, ob er in seiner Kindheit häufig unter Druck gestanden habe? Ja, und seine Freunde, was waren das für Kinder gewesen? Seine frühe Jugend, seine politische Einstellung, seine Freundinnen, seine Geliebten, seine Sexualität … Nach allen diesen Themen fragte er hartnäckig. Sami wollte diesen guten Arzt nicht enttäuschen. Soweit er irgend konnte, erzählte er alles. Doch Nils war nie zufrieden. Er glaubte, dass er einiges nicht offenbarte. Deshalb drang er in Sami und setzte ihn unter Druck. Doch wenn Sami einen bestimmten Punkt beim Erzählen erreichte, hielt er plötzlich inne, und – wie der Arzt es ausdrückte – er konnte diese Linie nicht überschreiten. Vor ihm tat sich eine dunkle Grube auf, deren Grund er nicht sehen konnte.

Schließlich akzeptierte er, dass es unmöglich war, Sami zum Sprechen zu zwingen. Und er riet ihm: »Schreib eben alles auf. Selbst wenn es niemand liest, schreib es einfach nur auf, für dich.«

Sami schüttelte nichts sagend den Kopf. Es war nicht klar, ob er auf den Vorschlag eingehen würde.

Handschriftliche Notizen

Als ich zu mir kam, erlebte ich einen Albtraum. Sie hatten mich auf einen metallenen Tisch gelegt. Über mir ein gleißendes Licht, das mich blind machte. Meine Arme und Beine waren gefesselt. Ein paar Leute in Arztkitteln gaben mir Injektionen in die Venen. Ich schrie und rief in einem fort: »Filiz, Filiz! Wo bist du, Filiz?«

Dann wurde das Licht schwächer. Es wurde finster. Dunkel begrub mich. Als ich wieder zu mir kam, wusste ich nicht, wie viel Zeit vergangen war. Eine Sekunde, eine Minute, ein Tag, ein Monat, oder ein Jahr; ich wusste es nicht. Die Männer beugten sich über mich und sprachen mit mir. Aber ich konnte kein Wort verstehen. Ich begriff nicht, was sie wollten. Vor meine Augen trat Filiz, und ich begann ihren Namen zu rufen. Da stießen sie wieder ihre Kanülen in meine Adern. Und wieder kam die Dunkelheit.

Später fand ich mich an einem anderen Ort. Da waren zwei Männer. Sie quälten mich, befragten mich dauernd. Sie sprachen über Filiz, erwähnten eine Organisation, eine Zeitschrift. Es ging um die Kurden. Sie zählten Namen auf, und dabei taten sie mir sehr weh. Wieder rief ich: »Filiz, Filiz!«

Mit einem Mal ein Geräusch, und durch meinen

ganzen Körper floss elektrischer Strom. Ich zitterte, bebte wie verrückt. Mir war, als würden meine Muskeln zerreißen und meine Adern lichterloh brennen. Dann verhörten sie mich wieder. Einer beugte sich über mich, sein Atem roch nach Knoblauch. Ich öffnete die Augen und sah in ein altes Gesicht mit buschigen Augenbrauen. »Nun gib es schon zu!«, sagte er. »Dann brauchen wir dir nicht mehr wehzutun.« Ich wollte meinen Kopf drehen, zu dem Mann mit dem Knoblauchatem, aber ich schaffte es nicht. Sie hatten einen Ring um meinen Kopf gelegt. Mein Schädel brannte furchtbar. Und der Kerl beugte sich wieder über mich.

»Gib es zu! Gib es doch zu!«

Ich flüsterte: »Was denn?« Doch der Mann verstand mich nicht.

Ich hatte nämlich vergessen, wie man spricht. Meine Lippen waren zusammengeklebt. Statt einen Ton herauszubringen, drang nur ein Röcheln aus meinem Mund. Mit einem Lappen machten sie mir die Lippen nass.

Wieder beugte er sich über mich und sagte: »Gib es zu!«

»Was?«, fragte ich.

Diesmal hatte er mein Flüstern ein bisschen verstanden. Und nun flüsterte auch er.

»Dass du zusammen mit Filiz eine Organisation aufgebaut hast.«

»Was ist mit ihr?«, fragte ich.
»Weißt du das nicht?«
»Ich weiß es nicht!«
»Filiz ist tot!«
»Warum?«

Der Mann gab keine Antwort. Wieder fing er damit an: »Gib es zu! Gestehe es doch!« Schließlich überließ er mich den Henkern und ging.

In meinen Gedanken – ich war gerade dabei, das Bewusstsein zu verlieren – gab es nur eines. Es stimmte also. Ich hatte keinen Albtraum gesehen. Filiz' Gesicht war wirklich zerfetzt. Aber warum, warum, warum?

Wir waren unterwegs. Im Radio spielten sie »Sealed With a Kiss«, und wir plauderten über Gardinen. Was passierte da? Warum war Filiz' Schädel plötzlich zerborsten? Wenn es ein Verkehrsunfall war, warum war mir nichts passiert?

Auf diese Fragen konnte ich keine Antwort finden. Kein Wunder, wo doch mein Kopf ganz durcheinander war und ich fast den Verstand verlor. Der Alte mit dem Knoblauchgeruch war wieder da. In der nassen Zelle, in der ich seit Wochen im Halbdunkel lag, erzählte er mir die Wahrheit.

»Du hast es bald überstanden.«

Ich gab keine Antwort.

»Es tut mir sehr Leid, wir haben deinen Fall intensiv untersucht und schließlich festgestellt, dass du mit *diesen verräterischen Aktivitäten nichts zu tun hast. Du bist der Sohn eines Kaufmanns. Und du hast dich nie in solche Angelegenheiten eingemischt. Das ganze tut uns sehr Leid, wir bedauern das alles sehr.«*

»*Was tut Ihnen Leid?«, fragte ich.*

»*Was euch passiert ist.«*

Da horchte ich plötzlich auf. Er hatte in der Mehrzahl gesprochen. »*Was euch passiert ist«, hatte er gesagt. Das heißt, er konnte etwas über Filiz sagen.*

»*Was ist mit ihr passiert?«, fragte ich ihn noch einmal. Er zog ein Paket Zigaretten aus der Tasche, zündete sich eine an und hielt auch mir die Schachtel hin. Um nicht seinen Unmut zu erregen, griff ich zu, denn ich wollte erfahren, was geschehen war.*

»*Schau, mein Sohn«, sagte er, »unser Land befindet sich in einer tiefen Krise. Es gibt Terrorzentralen, die es auf die nationale Einheit abgesehen haben.«*

Aber was hatten wir mit all dem zu tun? Ich getraute mich allerdings nicht, ihm diese Frage zu stellen, sondern hörte dem Mann nur atemlos zu.

»*Wie du weißt, hat unsere heldenhafte Armee ihre Aufgabe erfüllt und das Land vor dem Zusammenbruch bewahrt. Doch dabei – es heißt ja, wo gehobelt wird, da fallen Späne – sind auch einige Fehler vorgekommen.«*

»*Was für Fehler denn?«, fragte ich.*

»*Nun, Sachen, wie sie auch Filiz zugestoßen sind«, sagte er.*

Wieder fragte ich: »Was ist mit ihr?«

Er hielt inne, nahm einen Zug aus seiner Zigarette und sagte: »Sie wurde erschossen. Eine Kugel aus einem Infanteriegewehr traf sie in den Kopf.«

Ich war wie vom Schlag gerührt. Das hätte ich nie für möglich gehalten.

»An der Ausfahrtsstraße aus Bostanci stand ein Kontrollposten. Ihr kamt ihnen verdächtig vor. Sie forderten euch auf, anzuhalten. Doch ihr seid durchgefahren. Weil ihr die Aufforderung nicht befolgt habt, wart ihr verdächtig, und ein Soldat hat auf euren Wagen geschossen.«

»Aber wir haben überhaupt keine Aufforderung gehört«, rief ich.

»Das wissen wir. Weil es Winter war, hattet ihr die Scheiben hochgedreht und konntet es nicht hören.«

»Außerdem hat das Radio gespielt, und wir haben uns unterhalten.«

»Ja, das haben wir uns gedacht. Es war leider ein sehr bedauerlicher Unfall. Auch uns hat es sehr Leid getan. Ich habe auch zwei Töchter. Aber was passiert ist, ist passiert. Wer einmal gegangen ist, den können wir nicht zurückholen.«

»Es war kein Unfall«, sagte ich, »es war ein Verbrechen. Es war vorsätzlicher Mord.«

»Nein, wenn du die Sache so siehst, machst du einen großen Fehler. Der bemitleidenswerte Soldat kannte sie doch gar nicht. Er hat nur seine Pflicht ge-

tan. Vielleicht hat er sich etwas ungeschickt verhalten. Mein Junge, wir müssen das jetzt zusammen besprechen, doch dann wollen wir einen Strich unter die Sache ziehen!«

Voller Erstaunen starrte ich dem Mann ins Gesicht. Die Zigarette fiel mir aus der Hand.

»Der Vorfall hat tagelang die Presse beschäftigt. Auch die ausländischen Zeitungen haben sich damit befasst. In Istanbul hat ein Korrespondent von ›Le Monde‹ den Fall recherchiert. Um es kurz zu sagen, die Angelegenheit beginnt zu einer Kampagne gegen unser Land zu werden. Und daran bist sicher auch du, ein national gesinnter Sohn unseres Vaterlandes, nicht interessiert. Du willst doch nicht Werkzeug der Ausländer, der Feinde der Türken, sein.«

Ich begann zu verstehen, was er vorhatte. Deshalb also befasste er sich mit mir.

»Was erwarten Sie denn, was soll ich tun?«

»Wir haben die Sache genau untersucht. Du hast nichts damit zu tun. Filiz jedoch ist in linken Kreisen hervorgetreten. Sie soll auch eine Schülerzeitung herausgegeben haben. Außerdem gibt es noch mehr Linke in ihrer Familie. Deshalb werden wir behaupten, dass sie Mitglied einer terroristischen Organisation war und bei einer Schießerei umgekommen ist.«

»Aber das können Sie doch nicht machen«, schrie ich.

»Wir haben es schon gemacht. Am Tag nach dem

Unfall haben wir Folgendes offiziell bekannt gegeben: Als ein militantes Mitglied einer verbotenen Organisation, eine junge Frau, mit dem Auto auf dem Weg zu einer Aktion war, fiel sie den Ordnungskräften als verdächtig auf. Sie reagierte nicht auf die Aufforderung anzuhalten. Daraufhin wurde sie von der Einheit verfolgt. Schließlich begann die Frau aus dem Wagen auf die Soldaten zu feuern. Nach der darauf folgenden Schießerei wurde sie tot geborgen.«

»Lüge«, schrie ich, »das sind ja alles Lügen.«

»Ich weiß, aber so lautete nun mal die Bekanntmachung. Wir haben sogar die Waffe, mit der Filiz gefeuert hat. Die Presse, die am ersten Tag noch unsicher war, hat ab dem zweiten Tag unsere Version verbreitet.«

Er zog einen Stapel Zeitungen aus der Tasche und gab sie mir. Er hatte sie mitgebracht, um mich damit zu beeindrucken. Vielleicht wollte er mir damit auch nur zu verstehen geben, dass es in dieser Angelegenheit kein Zurück mehr gab.

Ich war starr vor Entsetzen. Filiz' Bilder groß auf den Frontseiten! Ich wusste nicht, woher sie die Bilder hatten, doch sie hatten sich die schönsten Aufnahmen verschafft. In manchen Bildunterschriften wurde sie als Terroristin bezeichnet: »Ihr Deckname war Filiz.«

Sie hatten meine unschuldige Geliebte zu einem Monster stilisiert. Sie sei mit ihrem Genossen zu einer Aktion unterwegs gewesen. Im Wagen habe man

Bomben und Pläne zur Durchführung des Anschlags gefunden. Dem Terroristen, der den Wagen gefahren hatte, war die Flucht gelungen.

Der flüchtige Terrorist sollte wohl ich sein.

Aber das Schrecklichste war ein Bild, auf dem Filiz mit zerfetztem Gesicht und offenem Schädel zu sehen war. Nur eine Zeitung hatte es veröffentlicht. Sie stand den Machthabern wohl am nächsten. Auf diesem Bild hielt sie eine automatische Waffe in ihren Händen. Darüber die Schlagzeile: »Das Ende einer Terroristin.«

Ich musste mich plötzlich übergeben. Da sich der Mann nicht schnell genug abwenden konnte, bekam er einen ordentlichen Schwung auf seine elegante Kleidung. Das gelbe Erbrochene spritzte auf den steinernen Zellenboden. Das war nur der Anfang, denn ich musste mich wieder und wieder übergeben.

Ein Wärter führte mich zum Waschbecken. Dort wusch ich mir das Gesicht. Als ich zurückkam, gab sich der Mann erschüttert. Er bot mir erneut eine Zigarette an.

Diesmal lehnte ich ab, stieß die Schachtel mit dem Handrücken zurück. Ich hatte keinen Grund mehr, auf ein gutes Verhältnis zu ihm zu achten.

»Mein Junge«, sagte er, »ich verstehe dich sehr gut. Du hast schreckliche Dinge erlebt. Doch wir sind nicht bereit, wegen des dummen Fehlers eines Soldaten den guten Ruf des ganzen Landes in den Schmutz

ziehen zu lassen. Du bist gezwungen, mit uns zusammenzuarbeiten.«

»Und was wollen Sie von mir?«, fragte ich mit belegter Stimme.

»Wir wollen, dass du den Vorfall so bestätigst, wie wir ihn dargestellt haben. Sowohl gegenüber dem Gericht als auch vor der Presse. Besonders der ausländischen Presse. Denn die ausländischen Journalisten möchten dich treffen.«

»Und was soll ich sagen?«

»Gar nichts!«

»Was heißt das? Gar nichts?«

»An diesem Tag fuhrst du den Wagen nicht. Der Fahrer war ein Terrorist. Du hattest von der ganzen Sache überhaupt keine Ahnung. Du wusstest nichts von den Aktivitäten der Organisation, zu der Filiz gehörte. Sie hat auch dich hinters Licht geführt.«

»Und was passiert, wenn ich das sage?«

»Wenn du so vor Gericht aussagst, wirst du anschließend freigelassen und führst dein Leben weiter wie bisher.«

»Und wenn ich anders aussage?«

»Wenn du nicht wie wir es wünschen aussagst, bringst du unsere Gegner auf alle möglichen Gedanken. Dann wird die Untersuchung ausgeweitet, und es wird vor allem im Ausland Presseveröffentlichungen geben, die sich gegen unsere Regierung wenden. Das Thema könnte vielleicht vor den Europarat gebracht

werden. Doch das werden wir nicht zulassen. Ich hoffe, du verstehst mich richtig. Wir werden alles tun, um das zu verhindern.«

Er beugte sich dicht über mich und schaute mir in die Augen. »Wir werden es nicht zulassen, wir werden alles tun, es zu verhindern. Ich hoffe, du verstehst mich gut? Erinnere dich, was dir in den vergangenen Wochen zugestoßen ist. Wir haben versucht, dich zum Sprechen zu bringen, weil wir dich auch für einen Terroristen gehalten haben. Was du dabei erlebt hast, ist nichts gegen das, was wir noch alles mit dir anstellen können. Ich hoffe, du verstehst mich. Wir werden dein Hirn zu einem Wackelpudding machen und dich dann dem Staatsanwalt überstellen.«

»Nein!«, rief ich.

»Was heißt das?«

»Nein!«

»Weißt du, was du da sagst? Weißt du, was dir alles passieren kann?«

»Nein!«, schrie ich wieder. Auf alles, was er mir an diesem Tag sagte, antwortete ich immer nur mit Nein. Aus meinem Mund kam kein anderes Wort.

Er geriet völlig außer sich, zuletzt drohte er mir noch einmal und ging. Darauf brachten sie mich in die Folterzelle.

In dieser Zelle schlugen sie meinen Körper in Stücke. Doch ich hatte mich in mein Innerstes verkrochen. Es war, als gehörte mein Körper, der große

Schmerzen litt, einem anderen. In meinen Gedanken sah ich Filiz' geschundenen Körper. Ich konnte nichts anderes mehr wahrnehmen, konnte an nichts anderes mehr denken.

Der Mann kam ab und zu vorbei und versuchte mich doch noch zu überzeugen. Er gab sich große Mühe. Er wollte mich zwingen, meine Geliebte zu verraten. Doch dann überließ er mich wieder den Folterern.

Ich habe während dieser ganzen Zeit nie geweint. Seit jenem Tag war nicht eine einzige Träne aus meinen Augen geflossen. Wie in einem Krampf hielten sie die Tränen zurück. Ich übergab mich nur noch. Während der Folter und auch abends in der Zelle übergab ich mich immerzu.

Ich weiß nicht, wie viel Zeit vergangen war, doch eines Tages stand ich dem Militärstaatsanwalt gegenüber. Sie nahmen mir die Handschellen ab, und ich setzte mich auf einen Stuhl vor einem Tisch. Er war ein junger Mann, las in den Akten, die er vor sich hatte, und machte ein bedenkliches Gesicht. In seinen Augen schien ein menschliches Licht auf, das zu sagen schien, dass er meine Lage kannte und mich verstand. Ich begriff, dass ich zum ersten Mal seit langer Zeit wieder jemandem gegenübersaß, mit dem man vernünftig reden konnte.

Er fragte mich: »Erinnern Sie sich an den Abend des dritten Januar?«

»*Ja!*«, *antwortete ich.*

»*Wo waren Sie zu dieser Zeit?*«

»*Ich saß in meinem Wagen und fuhr meine Verlobte nach Hause.*«

Auf diese Antwort hin hielt er einen Moment inne, dachte einen Augenblick nach. Die Klageschrift, die er aufzusetzen hatte, ja der ganze Prozess, würden eine unerwartete Wendung nehmen.

»*War Ihre Verlobte politisch aktiv?*«

»*Nein!*«

»*Gehörte sie einer politischen Organisation an?*«

»*Nein, sie war nirgends Mitglied! Sie war eine zurückhaltende junge Frau, und wir bereiteten unsere Hochzeit vor. Herr Staatsanwalt, ich bitte Sie ... Man hat meine Verlobte getötet. Ohne jeden Grund haben sie ihr den Schädel zertrümmert. Und nun wird von mir verlangt, dass ich sie als Terroristin bezeichne. Bitte helfen Sie mir. Sie sind doch Jurist. Bitte helfen Sie mir.*«

Ich war völlig außer mir, versuchte alles zu erklären. Ich war mir darüber klar, dass man bei einem normalen Verhör nie erlaubt hätte, dass ich all dies sagte. Doch ich nahm auch noch etwas anderes wahr: Der Staatsanwalt schien Verständnis für uns zu haben. Vielleicht bedauerte auch er die Angelegenheit.

Ich erzählte ihm alles.

Am Ende sagte er:»*Ich kann Sie nicht sofort freilassen. Sie müssen noch einige Zeit im Gefängnis blei-*

ben, doch in den normalen Gemeinschaftszellen. Aus der Einzelzelle werden sie verlegt. Möge alles bald vorüber sein!«

Dann legten sie mir wieder Handschellen an. Nach zwei Wochen wurde ich freigelassen. Als ich den silbergrauen Peugeot meines Vaters vor dem Gefängnistor sah, wurden mir die Knie weich. Mir kamen die Tränen, aber dann musste ich doch nicht weinen. Irgendetwas nahm mir fast den Atem. Ich kann nicht erklären, was es war. Aber mir fällt kein anderes Wort dafür ein als »Dunkelheit«. Dunkelheit hatte sich herabgesenkt, mein ganzer Körper bis zum Hals war starr, wie aus Beton.

Aber statt meiner begann mein Vater zu weinen. Mein Zustand, der nicht menschenwürdig war, hatte ihn wohl erschreckt. Als ich mich im Rückspiegel des Wagens sah, bekam auch ich einen Schreck. Ich hatte dunkelviolette Ringe unter den Augen. Meine Augen hatten sich verändert. Das waren nicht meine Augen, so blickte ich nicht.

Besonders meine Mutter, die doch ohnehin schon krank war, hatte sehr unter allem gelitten. Sie nahm starke Medikamente gegen den Bluthochdruck und weinte in einem fort.

Ich sprach nicht viel mit meinen Eltern. Tagelang lag ich in meinem Zimmer. Ohne mich zu rühren, lag ich einfach nur da. Ich brachte keinen Bissen hinunter, weil ich mich immerzu übergeben musste. Ob ich et-

was zu mir nahm oder nicht, ich musste mich so oder so übergeben. Schließlich gab mir ein junger Arzt, den meine Familie gerufen hatte, Infusionen. Das erinnerte mich an die Kanülen, die sie mir in die Adern gerammt hatten.

Dann fuhr ich gegen den Rat der ganzen Familie nach Istanbul. Dort begab ich mich sofort – ohne erst meine eigene Wohnung aufzusuchen – nach Kartal. Ich wollte Filiz' Familie besuchen. Als ich im fünften Stock des Wohnblocks ankam, war ich so atemlos wie damals meine Mutter. Mir schlotterten die Knie. Einen Moment lehnte ich mich an die Wand und verschnaufte. Dann drückte ich die Klingel, bei der kein Klingelzeichen ertönte, sondern Vogelgezwitscher. An diesem Tag wurde viel geweint in diesem Haus. Doch ich hatte keine Tränen. Filiz' Vater schlang seinen verbliebenen Arm um mich und schluchzte laut.

Ich bat sie, mich zu ihrem Grab zu führen. Wie sie mir auf dem Weg zum Friedhof erzählten, hatte es auch bei Filiz' Beerdigung Zwischenfälle gegeben. Einige hatten die Leiche in das Cem-Haus, das alevitische Gotteshaus, bringen wollen, doch die Gendarmen erlaubten es nicht. Nur die Familie durfte an der Trauerfeier teilnehmen. Es kam zu Schlägereien zwischen Jugendlichen und Soldaten. Einige warfen mit Steinen nach der Polizei.

Auf einem ungepflegten Friedhof sah ich den Erdhügel, unter dem Filiz lag. Es war nur ein kleines Erd-

häufchen. Ich erinnerte mich daran, dass es ähnlich ausgesehen hatte, wenn sie unter der Bettdecke lag. So schmal und zierlich, dass man sie kaum wahrnahm. Und ihr Grab war ebenso. Ein winziges Häufchen Erde. Ich blieb einen Moment stehen und sagte dann: »Nun, dann lasst uns gehen.« Ich bemerkte, dass mich Filiz' Verwandte ganz seltsam anblickten.

In meinem Inneren war nur versteinertes Dunkel. Auch in diesem Moment.

Ich spürte etwas Warmes in meinem Nacken. Da bemerkte ich erst, dass ich schon seit einer Weile den Kopf auf den Tisch gelegt hatte. Sirikit leckte mit ihrer langen heißen Zunge meinen Hals. Sie versuchte mich zu trösten, und das war die einzige Wärme, die ich seit langer Zeit fühlte.

Es war die erste Zuwendung, die ich fühlte, seit ich meinen Vater gebeten hatte, einen Pass für mich zu beantragen, und ich meiner Familie gesagt hatte, dass ich nach Schweden ziehen wollte. Meine Lage war so prekär, dass ich trotz erwiesener Unschuld wohl keinen offiziellen Pass erhalten würde. Mein Vater begriff das, schaltete schließlich Bekannte ein und – was ich nie von ihm erwartet hätte – besorgte mir einen falschen Pass.

Als ich vom Flugzeug aus das erste Mal auf Stockholm blickte, war es auf einer Seite tiefe Nacht, und auf der anderen sah ich einen roten Sonnenuntergang.

Meinen Körper, der keinen Lebenswillen mehr in sich hatte, brachte ich in diese entfernte Ecke der Welt. Was sollte ich hier anfangen? Wie sollte ich zur Ruhe kommen? Ich hatte keine Antwort auf diese Fragen. Eigentlich war es egal gewesen, wohin ich gehen würde. Ich würde das Dunkel in mir überallhin mitnehmen. Es war unmöglich, wieder so zu sein wie früher. Ich weiß nicht, warum ich Schweden ausgesucht hatte. Ich konnte einfach in meinem Land nicht mehr leben. Ich fürchtete mich vor den Bäumen, den Steinen, den Menschen und auf den Straßen. Tiere, Fernsehansager, Verkehrspolizisten und Katzen ängstigten mich. In einem fort liefen mir kalte Schauer über den Rücken.

Der Prozess wurde mangels Beweisen eingestellt, und der Soldat, der Filiz erschossen hatte, blieb unbekannt.

Die Besuche von Bülent taten mir gut. Zum einen teilten wir viele Ansichten, die er in seinem hellen Kopf hatte, und zum anderen brachte er mir Nachricht von Sirikit. Seit ich im Krankenhaus lag, hatte er sich auf meine Bitte hin um sie gekümmert. Er ging jeden Tag in meiner Wohnung vorbei und gab ihr Fressen und frisches Wasser. Sie konnte durch das offene Fenster im Bad nach Belieben herein- und hinausspazieren. Ich musste mir also wegen ihr keine Sorgen machen.

Aber was sollte ich tun?

Das persönliche Problem, das zwischen mir und dem Alten bestand und das eine solche politische Ausweitung erfahren hatte, beunruhigte mich sehr. Weil ich damals den Mund nicht hatte halten können und Adil von dem Alten erzählt hatte, ärgerte ich mich über mich selbst. Hatte ich denn nicht gewusst, wie verrückt er war? Bülent versuchte mich abzulenken. Er wusste eben nicht Bescheid. Doch wie war Claras Position?

Ob der alte Mann mich wohl erkannt hatte?

Daran dachte ich in der letzten Zeit am meisten. Wusste er, wer ich bin, und zeigte es nicht, oder konnte er mich wirklich nicht?

Eines Tages kam Clara ins Krankenhaus. Sie sah krank aus. Die Ringe unter ihren Augen ließen sie müde wirken. Ich erinnere mich, dass ich in diesem Moment dachte: »Nichts kann die Schönheit dieses Mädchens entstellen.« Tatsächlich schaute sie mich zu dieser späten Stunde zwar mit einem etwas abgespannten, doch äußerst anziehenden Gesicht an. Ich fragte sie, warum sie so müde sei. Sie sagte, sie habe die letzten Nächte nicht schlafen können. Seit sie von dem alten Mann im Krankenhaus gehört hatte, war es mit ihrem Schlaf vorbei, und sie könne sich auf nichts mehr konzentrieren.

Sie sah wirklich sehr besorgt aus, konnte nicht still sitzen, stand dauernd auf, ging zwei Schritte und kam *wieder zurück. Nachdem sie sich wieder hingesetzt hatte, klopfte sie immerzu mit dem Fuß an ihren Stuhl. Wir saßen in der Cafeteria im Erdgeschoss. »Bleibe sitzen, ich hole dir einen Kaffee!«, sagte ich und ging zur Theke. Irgendwie war die Cafeteria in den letzten Tagen zu einer Art Empfangssalon für mich geworden. Die weißen Tassen, die blitzsauber aus der Spülmaschine kamen, waren immer noch ganz heiß.*

Ich bemerkte, dass ich in Gedanken versunken war, während ich den Kaffee eingeschenkt und an die schwedische Sauberkeit gedacht hatte. So etwas passierte mir in der letzten Zeit häufig. Es fiel mir schwer, mich auf einen Punkt zu konzentrieren. Meine Gedanken trugen mich zu den unglaublichsten Orten. Vielleicht brachte Clara mich durcheinander, denn ich ahnte, warum sie ins Krankenhaus gekommen war. Eine Unterhaltung darüber wollte ich lieber nicht mit ihr führen.

Nachdem ich den Kaffee gebracht hatte, kam Clara aber gleich auf das Thema: »Ich möchte dich um zwei wichtige Dinge bitten!«, sagte sie. »Es geht um den alten Mann.«

»Ja?«

»Ich möchte den Mann sehen.«

Während ich einen Moment innehielt, nutzte sie die Situation und hob ihre Stimme: »Ich verlange nicht viel von dir. Du führst mich nach oben und zeigst mir den Mann aus der Ferne. Das ist doch alles ganz einfach.«

»*Nun rege dich nicht auf!*«, *sagte ich.* »*Ich habe ja nicht abgelehnt. Aber warum willst du ihn sehen?*«

»*Ich weiß es nicht. Glaub mir, ich weiß es nicht, doch fühle ich den seltsamen Wunsch in mir, den Mann zu sehen. Ich kann nicht dagegen an. Seit Tagen denke ich darüber nach, wem er wohl ähnelt, was er für ein Mann ist.*«

»*Na gut. Ich habe dem noch nicht zugestimmt, doch was ist dein zweiter Wunsch?*«

»*Halte Adil und seine Leute aus der Sache heraus!*«, *sagte sie.*

Das war ja nun wirklich sehr interessant. Sie hielt Adil und seine Freunde lediglich für Sprücheklopfer, die keine ernsten Absichten hatten. Diese Leute waren Träumer. Sie schmiedeten einen Mordplan, redeten lange und breit darüber, nahmen sich selbst sehr wichtig und waren dadurch schon zu Helden geworden. Aber damit war es auch schon zu Ende. Selbst wenn sie sich entschließen sollten, die Tat wirklich auszuführen, würden sie so ein Durcheinander anrichten, dass die ganze Sache in einem Fiasko enden müsste.

»*Du kannst es dir nicht vorstellen!*«, *sagte sie.* »*Der Kerl ist wirklich nicht ganz dicht. Überall im Haus hängen seine Pläne und Skizzen vom Krankenhaus herum. Er hat sie an die Wand gepinnt und rote Li-*

nien darauf eingezeichnet. Sein Plan ist natürlich genial. Die Reinigungsfirma, die das Krankenhaus sauber hält, gehört einem Türken. Yilmaz und Nihat sollen sich dort einstellen lassen. Dann sollen Adils Pläne umgesetzt werden. Darin sind sogar Walkie-Talkies vorgesehen für die Jungs. Außerdem hat er – du wirst es nicht glauben – eine Reihe von Büchern über politische Morde aus der Stadtbibliothek ausgeliehen und nach Hause mitgebracht. Kristina hat sie sich verwundert angesehen. Kannst du dir so einen Schwachsinn vorstellen?«

Noch während sie sprach, begriff ich, dass sie Recht hatte. Mein größter Fehler war gewesen, Adil anzurufen. Man konnte sich einfach nicht vorstellen, dass er je in seinem Leben irgendetwas vernünftig zu Ende bringen würde. Sein Plan hatte sich bestimmt auch längst herumgesprochen.

»Du hast Recht«, sagte ich. »Was meinst du sollen wir tun?«

Sie beugte sich auf ihrem Stuhl nach vorn und blickte mir direkt in die Augen. »Ich habe mir das gut überlegt. Du rufst Adil an und sagst ihm, dass der Vogel ausgeflogen ist. Ihm wird das nur recht sein. Du erzählst ihm, dass der Kranke in die Türkei zurückgekehrt ist, dass Beamte vom Ministerium plötzlich aufgetaucht sind und ihn mitgenommen haben. Du hast sein Bett leer vorgefunden, und als du die Schwester gefragt hast, hat sie dir das erzählt.«

Sie hatte sich das wirklich gut überlegt. Adil würde keinen Verdacht schöpfen. Denn ich war es ja auch gewesen, der ihn über den alten Mann informiert hatte. Ich hatte also gar keinen Grund, ihn zu belügen. Außerdem würde ihm das sicher gut passen, denn er würde noch jahrelang von seinem nicht ausgeführten Plan erzählen können. Das passte allen gut in den Kram.

»Und was machen wir dann?«, fragte ich sie.

»Dann«, sagte sie, »erledigen wir beide die Sache allein.«

»Warum sollen wir beide es allein machen?«

»Weil wir anders sind. Ganz anders als die anderen. Ich fühle, wie ernst du die Angelegenheit nimmst. Und mir geht es ebenso. Schau mal!«

Sie nahm meine Hand und legte sie auf ihre Brust. Ich spürte, wie schnell ihr Herz schlug. Ihre Hand war ganz heiß.

Irgendwann musste ich ihr Geheimnis erfahren, erst dann konnte ich wohl ihren brennenden Wunsch, zu töten, verstehen. Vielleicht würde ich sie danach fragen, doch zunächst sagte ich noch nichts. Denn ich kannte die Dunkelheit in ihrem Inneren.

»Es muss am dritten Januar passieren«, sagte ich.

»Gut«, sagte sie, »ich kenne deine Bedingung und akzeptiere sie. Am dritten Januar also.« *Dann erläuterte sie mir ihre Pläne. Ihr Verstand arbeitete messerscharf. Mit einem Schlag war ich von vielen Sorgen befreit. Ich bewunderte sie und sagte ihr das auch ganz offen.*

Sie lachte und sagte: »Dann bring mich jetzt mal nach oben!«

Das war nicht schwer. Im Krankenhaus war gegen Abend alles ruhig. Und niemand hinderte einen daran, jemanden mit nach oben zu nehmen. Wir fuhren mit dem Aufzug in den sechsten Stock, bogen rechts ab und gingen zum Zimmer des Alten.

Er schien zu schlafen. An seiner Schläfe sahen wir einen blauen Streifen. Sein Gesicht war stark eingefallen, nur mehr Haut und Knochen, wie geschrumpft. Hätte jemand behauptet, er sei tot, man hätte es geglaubt.

Clara blieb an der Tür stehen. Dann trat sie ein, ging zwei Schritte näher an ihn heran. Ich wollte sie warnen, dass sie ihn aufwecken und er uns bemerken könnte, doch ich brachte keinen Ton heraus. Das spielte von nun an sowieso keine Rolle mehr. Der Mann sah wirklich wie tot aus. In diesem Zustand würde er gar nichts mehr bemerken.

Clara betrachtete ihn lange. Dann trat sie an sein Bett. Sie nahm die faltige Hand des Todkranken, die voller Altersflecke war, und hielt sie eine Weile. Der alte Mann schien aufzuwachen. Er öffnete die Augen ein wenig und schaute Clara an. Doch es war klar, dass er nicht verstand, was vorging. Dann schlief er wieder ein.

Als Clara das Zimmer verließ, hatte sie ein seltsames Lächeln auf den Lippen. Wir fuhren mit dem Fahrstuhl nach unten. Clara schien erschüttert, war angespannt.

»*Was sagst du zu ihm?*«, *fragte ich.*

»*Genau, wie ich es erwartet hatte!*«

Wir verabredeten uns für den Abend des dritten Januar und trennten uns.

8

Eigentlich war Sami gar nicht sehr lange im Krankenhaus. Einen Tag vor Weihnachten haben sie ihn entlassen. Zuletzt hatte er sich immer seltener an den alten Mann herangemacht. Eines Tages kam der Alte jedoch in Samis Zimmer. Er schaute ihm ins Gesicht und schrie schließlich aus vollem Hals: »Du Hurensohn!«

Sami war ganz erschrocken. Die schwedischen Mitpatienten waren aufgeregt. Und dann schrie er noch einmal: »Hurensohn!« Doch diesmal war es nicht so deutlich zu verstehen. Dann wurde ihm wohl schwindlig, denn er lehnte sich an die Wand. Und schließlich fing er an zu sprechen, aber seine Worte waren nicht mehr zu verstehen. Man hörte nur ein Ächzen und Seufzen.

Sami erinnerte sich jetzt an Gunillas Erklärungen. Der wachsende Tumor bewirkte Verhaltensstörungen. Der Kranke fluchte und hatte Schwierigkeiten, sich zu artikulieren. Beim Gehen zog er nun das linke Bein sehr stark nach. Es war klar, er war dem Tod nahe. Da erfasste Sami der Wunsch, mit dem Mann zu reden. Deshalb fasste er ihn am Arm und führte ihn langsam in sein Zimmer. Er brachte ihn zu Bett und rief die Schwester, die an Gunillas Stelle Dienst tat. Er informierte sie darüber, dass der Patient eine Krise hatte. Die Dienst habende Schwester verabreichte ihm nun wie vorgesehen Kortison.

Der Alte beruhigte sich langsam und schaute Sami dankbar an.

»Ich danke dir sehr!«, sagte er.

Sami nahm einen Stuhl, setzte sich dicht an sein Bett und beugte sich über ihn. Nun richtete er sogar die Lampe am Kopfende des Bettes auf sein Gesicht.

»Schauen Sie mich genau an!«, sagte er. »Erkennen Sie mich?«

Der Mann öffnete verwundert die Augen und betrachtete Samis Gesicht. Er hob die Augenbrauen, legte seine Stirn in Falten und gab sich offensichtlich viel Mühe. Dann schließlich begannen seine Augen langsam zu leuchten. »Ja! Ich kenne Sie!«, sagte er mit röchelnder Stimme.

Sami war voller Spannung. Er schloss einen Moment die Augen. Vielleicht war dies der Augenblick, wo sie sich von Angesicht zu Angesicht gegenüberstehen würden. Nun wollte er für alles Rechenschaft fordern.

»Wo haben Sie mich zuvor gesehen?«, fragte er ihn.

Der alte Mann schaute Sami seltsam an. »Dort! Dort!«

Er erinnert sich, dachte Sami. Er hat sich an mich erinnert, es aber bis jetzt nicht gezeigt. Sami wunderte sich über den Gesichtsausdruck des Alten, die Erinnerung an jene Tage schien ihm nichts auszumachen. Er schämte sich nicht, war nicht traurig und regte sich auch nicht auf. Nur der Anflug eines Geheimnisses zeigte sich auf seiner Miene, das er mit Sami zu teilen schien.

»Ich wollte mich Ihnen gegenüber wirklich nicht so schlecht benehmen«, sagte er. »Bitte vergeben Sie! Entschuldigen Sie vielmals!«

Sami wollte schon sagen: »Wie kann ich Ihnen denn vergeben?« Da begriff er, dass der Alte von den Beschimpfungen gerade eben sprach.

»Ich hatte nicht die Absicht zu fluchen. Ich verstehe gar nicht, was mit mir los war. Es ist, als ob ich manchmal eine andere Person wäre. Ein schrecklicher Vorfall.«

Der Mann hatte ihn also nicht erkannt, erinnerte sich überhaupt nicht an ihn. Mit »dort« hatte er das andere Zimmer im Krankenhaus gemeint.

Nun begann Sami dem Mann Fragen zu stellen. Erinnerte er sich, was er in seiner Zeit als Minister getan hatte?

»Natürlich erinnere ich mich!«, antwortete der Alte und begann wie vom Teufel gehetzt zu sprechen: »Man hat mich nur benutzt! Für alle möglichen geheimen Staatsgeschäfte haben sie mich benutzt, und dann haben sie es aufgedeckt. So wurde ich zum Sündenbock. Dann haben sie mich weggeworfen wie einen schmutzigen Handschuh. Ist das gerecht, guter Mann? Ist das gerecht?«

»Um was ging es denn da?«, fragte Sami.

»Es ging um die Bedrohung der Einheit und des Fortbestands unseres Vaterlandes. Nun, da ließ sich nicht immer alles im gesetzlichen Rahmen regeln. Den Terroristen musste man mit den gleichen Mitteln antworten. Wenn einer auf dich schießt, dann kannst du ihm nicht zum Dank auch noch Blumen schenken. Es ging um eine Menge geheime Sachen. Eigentlich gibt es solche Maßnahmen in jedem Staat, und ich habe sie ja auch nicht alleine durchgeführt. Die offiziellen Stellen haben von allem gewusst. Doch als alles vorbei war, haben sie mich den Politikern zum Fraß vorgeworfen. Ich wurde den ehrgeizigen Plänen dieses Ministerpräsidenten geopfert, der sich nicht über seine Ziele klar war.«

Der Mann hatte sich in Rage geredet. Sami hatte ihm aufmerksam zugehört, doch nichts Konkretes in seinen Erklärungen finden können. Er hatte gehofft, von dem Alten auf dem Totenbett Geständnisse zu hören. Doch der Alte erzählte immer nur die gleichen Geschichten.

Im Krankenhaus herrschte abendliche Stille. Bald war es Zeit, schlafen zu gehen.

Handschriftliche Notizen

Am nächsten Tag sollte ich aus dem Krankenhaus entlassen werden. Danach würde ich nur noch einmal, am 3. Januar, Gelegenheit haben, den alten Mann zu sehen. Deshalb wollte ich alles erfahren, was er wusste und mich selbst bei ihm wieder ins Gedächtnis rufen. Auch damals waren wir beide allein in einem Raum, doch unter ganz anderen Umständen. Er erinnerte sich nicht an mich. Ich erzählte ihm von Filiz. Doch diese Vorfälle waren völlig aus seinem Gedächtnis gelöscht. Ohne mich selbst zu erwähnen, berichtete ich ihm sogar von dem Verfahren, in dem es darum ging, dass ein junges Mädchen von Soldaten erschossen worden war. Ich war bestürzt, dass er sich wirklich nicht erinnerte. Was mein Leben von Grund auf verändert hatte, war für ihn nur eine Geschichte unter Tausenden, die er längst vergessen hatte.

Dauernd dankte er mir und bedauerte, dass er mir meine Hilfe nicht vergelten könne. In diesem fremden Land sei ich für ihn ein unverzichtbarer Vermittler. Die Zuwendung, die ihm von seiner Familie, dem Staat und seiner Partei verweigert werde, habe er bei mir gefunden. Nun lebe er in »tiefster Beschämung«, weil er nicht wisse, wie er sich für die erwiesenen Wohltaten revanchieren könne. Wenn er Gelegenheit *hätte zu leben, würde er einen Weg finden und mir etwas bezahlen. Doch er sei zum Tode verurteilt und wisse, seine Tage seien gezählt. Während er dies sagte, begann er unter leichtem Schluchzen zu beben, und Tränen tropften auf meine Hand, die er ganz fest hielt. Ich verspürte Ekel angesichts der großen Nähe zu dem Mann, und dass meine Hände von seinen Tränen schon ganz nass waren, drehte mir den Magen um.*

In diesem Moment fiel mir etwas ein. Ob er wohl einverstanden wäre, etwas in meine Videokamera zu sagen, die ich immer bei mir hatte? Ich sagte ihm, ich wolle ein Andenken an ihn haben. Ein Souvenir vom Krankenhaus!

Nachdem er sich sehr gern dazu bereit erklärt hatte, lief ich in mein Zimmer und holte die Kamera. Ich stellte das Kopfteil des Alten hoch, bettete seinen Kopf auf drei Kissen und baute mich mit der Kamera vor ihm auf. Von links her drang gedämpftes Licht herein und verlieh, wie ich im Sucher der Kamera sah, seinem eingefallenen, violett angelaufenen, vom Tode gezeichneten Gesicht einen dramatischen Ausdruck. Diese Beleuchtung ließ seine tiefen Falten noch schroffer erscheinen.

Bevor ich ihm das Mikrofon in die Hand drückte, prüfte ich erst den Ton: »Eins, zwei, drei. Eins, zwei, drei ...« Wie er es immer als Politiker gemacht hatte, blies er ein paar Mal in das Mikrofon. Dann klopfte er zwei oder drei Mal mit dem Zeigefinger daran. An das

Mikrofon zu klopfen, war eine der unverzichtbaren Angewohnheiten der türkischen Politiker. Auch wenn dieses Klopfen über die Kopfhörer wie eine Explosion in meinen Kopf drang, sagte ich nichts. Denn gleich würde ich von dem Alten ein unglaubliches Geständnis aufnehmen. Meine Aufnahmen würden in der neueren Politikgeschichte sicher wie eine Bombe einschlagen.

Plötzlich fing er an zu sprechen. Zunächst einmal räusperte er sich, so wie es Brauch war. Dann hielt er eine lange Vorrede: »Dies ist mein Vermächtnis, das ich von meinem Krankenbett in diesem fremden Land aus an meine Familie in der Türkei, an meine Freunde, an meine Mitangeklagten und an mein Volk richte.«

Er hatte offensichtlich die Absicht, eine lange politische Rede zu halten. Deshalb habe ich ihn mit Fragen unterbrochen. Doch leider hat er mir gar nicht zugehört, sondern einfach in pathetischem Ton vorgetragen, was ich von ihm schon vielfach gehört hatte. Er kam sich vor wie ein großer Staatsmann, und ich war ein schüchterner Journalist, dem es gelungen war, ein Interview mit ihm zu ergattern.

Ich schaltete die Kamera ab, doch er bemerkte es nicht. Er sprach weiter in die Kamera auf dem Stativ.

Am Ende fragte ich: »Sind Sie fertig?«

Er sagte, dass er zu Ende sei. Und er fügte hinzu, dass nun die Aufgabe auf meinen Schultern ruhe, dieses heilige Vermächtnis in unser Land zu bringen.

»Ich möchte Ihnen ein paar Fragen stellen, sind Sie einverstanden?«, fragte ich.

»Sehr gerne, doch im Moment bin ich sehr müde. Und da ist auch schon die Schwester, um die Injektionen zu machen.«

Tatsächlich war Gunilla ins Zimmer getreten. Doch ich hatte keine Möglichkeit, zu anderer Zeit die Fragen zu stellen, denn am nächsten Morgen sollte ich entlassen werden. Da kam mir eine Idee. Ich beugte mich zu dem Mann hinunter und fragte ihn: »Wenn ich in ein paar Tagen komme und Sie auf eine Rundfahrt durch Stockholm mitnehme, wollen Sie mir dann meine Fragen beantworten?«

Da freute er sich mächtig, als habe er ein unerwartetes Geschenk bekommen. Seine Augen strahlten, und er fragte: »Geht das denn?«

Ich sagte ihm, dass es möglich sei. In Schweden waren die Krankenhäuser sehr freizügig, keiner kümmerte sich darum, wer hineinging oder herauskam. Ich wollte ihn abholen und durch die Notaufnahme zum Parkplatz bringen.

»Ich bitte Sie, nehmen Sie mich mit. Ich vergehe hier vor Langeweile. Tun Sie mir noch diesen Gefallen, bevor ich sterbe, junger Mann.«

»Vielleicht nehme ich Sie mit nach Hause und mache Ihnen Rührei mit Knoblauchwurst«, sagte ich.

Am nächsten Morgen wurde ich aus dem Krankenhaus entlassen. Bevor ich wegging, besuchte ich noch einmal den alten Mann, um mich zu verabschieden. Ich versicherte ihm, dass ich mein Versprechen nicht vergessen hatte. Nach der Jahreswende würde ich kommen und ihn abholen, doch solle das unser Geheimnis bleiben, denn die Klinik würde ihm den Ausflug nicht erlauben.

Er legte den Zeigefinger auf seine Lippen und grinste: »Kein Wort!«

Ich fuhr nach Hause. Ich erwartete nicht, dass Sirikit mir besondere Aufmerksamkeit schenken würde, dass sie mich groß empfangen würde, doch so viel Desinteresse schmerzte mich etwas. Sie schien nicht einmal zu bemerken, dass ich das Zimmer betreten hatte. Doch sie streckte leicht wohlig ihren Körper, und das konnte man nur deuten, wenn man sie sehr gut kannte. Manche Menschen nahm sie gar nicht zur Kenntnis und ließ sich durch sie nicht beim Dösen stören. Andere jedoch, das wusste ich, schreckten sie auf. Sirikit verstand mehr von den Menschen als ich.

Nach Claras Besuch bei mir im Krankenhaus hatte ich alles wie verabredet durchgeführt. Ich hatte Adil angerufen und ihm mitgeteilt, dass der Vogel ausgeflogen sei. Er hatte zwar bedauernd gestöhnt, doch konnte er nicht verbergen, dass er innerlich ganz froh darüber war. Denn er wusste nicht mehr, wie er aus der Sache herauskommen sollte. Diese plötzliche Wendung würde ihm eine Erfolgsstory bescheren, von der er sein Leben lang erzählen konnte: zwar eine

Geschichte mit unglücklichem Ende, dennoch eine gut geplante, strategische Story.

Ich stand nun an einem der wichtigsten Wendepunkte in meinem Leben. Mit Clara zusammen plante ich, Filiz zu rächen. Auch Clara hatte etwas, das mich an Filiz erinnerte. Dieses Mädchen aus Chile versuchte, für sie Rache zu nehmen.

9

Am dritten Januar war es unglaublich kalt. Außer der strengen Winterkälte in Stockholm schnitt noch ein Schneesturm den Menschen wie mit Messern ins Gesicht. Die schwermütigsten, bedrückendsten Monate im Jahr waren nun angebrochen. Es herrschte eine Dunkelheit, die mittags höchstens zwei Stunden diesiges Licht zuließ. Alle Farben wirkten fahl und verblichen. An diesem Tag bestiegen Sami und Clara den alten Volvo und fuhren zum Krankenhaus. Sami hatte die Scheibenwischer auf die schnellste Stufe gestellt und sah doch kaum etwas. Der Schneesturm war zu stark. Er fuhr ganz vorsichtig, damit der Wagen nicht ins Rutschen kam. Der Abstellplatz am Krankenhaus war nicht besonders voll, sodass er leicht einen Platz für seinen Wagen fand. Er stieg aus und ging zur Notaufnahme hinüber. Clara wollte im Wagen auf ihn warten.

Vom gedeckten Parkplatz gelangte man direkt zur Notaufnahme. Drinnen standen jederzeit Rollstühle und Tragen bereit.

Hier war jeder mit seiner Aufgabe beschäftigt, sodass niemand von Sami Notiz nahm, der ganz ruhig einen Rollstuhl zum Aufzug schob und hinauffuhr. Nur oben auf dem Flur musste er etwas vorsichtig sein, denn alle auf der Station kannten ihn. Es wäre nicht gut gewesen, hätte ihn jemand gesehen. Seinen Besuch hatte er so gelegt, dass in der Klinik kaum Betrieb war. Und er hatte Glück. Der Flur war menschenleer. Sami schob den Rollstuhl vor sich her in das Zimmer des Alten.

Als der alte Mann Sami erblickte, wurde er von unendlicher Freude erfasst. Seit Sami weggegangen war, habe er auf diese Stunde gewartet. Das würde wohl sein letzter Ausflug sein. Er habe Sami vermisst. Mit wem sonst konnte er hier Türkisch sprechen?

Während er so schwatzte, hob Sami den Alten aus dem Bett, wickelte ihn in eine Decke und setzte ihn in den Rollstuhl. Er erklärte, dass es draußen sehr kalt war. »Das macht nichts«, sagte der Alte. »Von mir aus kannst du mich zum Nordpol bringen, wenn ich nur hier herauskomme!«

Sami ermahnte den Alten, recht leise zu sein und nicht zu sprechen, dann schob er ihn über den verwaisten Korridor in den Aufzug. Wie erwartet, kümmerte sich in der Notaufnahme niemand um sie. Weil so etwas bis heute nie vorgekommen war, hatte keiner daran gedacht, Vorsichtsmaßnahmen gegen Entführungen einzurichten.

Er schob den Mann hinaus zum Auto. Zusammen

mit Clara hob er ihn auf den Rücksitz. Der Mann fragte: »Wer ist denn das?«

»Das ist meine Freundin«, antwortete Sami. »Sie spricht nicht Türkisch.«

Darauf klaubte der Alte die paar Brocken Französisch, die er auf der Mittelschule gelernt hatte, zusammen und sagte: »Enchanté, Mademoiselle.«

Unterwegs beruhigte sich der Schneesturm etwas, hörte schließlich ganz auf. Die Lichter der Stadt strahlten plötzlich wie Kristalle. Es war Nachmittag, doch schon recht dunkel. Gleich würde der Mond aufgehen.

Der alte Mann fragte die ganze Fahrt über nach allem, was er draußen erkennen konnte. Was für ein Gebäude das war, an dem sie gerade vorbeifuhren, wie weit sie noch fahren würden?

Sami beantwortete geduldig alle seine Fragen.

Schließlich kamen sie nach Kungshamra, fuhren aber nicht zu Samis Haus, sondern durch den Wald zum Ufer des zugefrorenen Sees. Nachdem sie den Volvo dort geparkt hatten, mussten sie den Alten beim Gehen stützen, sich bei ihm unterhaken. Er zitterte wie ein Blatt im Wind und setzte sehr wackelig einen Fuß vor den anderen.

Vor ihnen lag der zugefrorene See. Sie stützten den vor Kälte zitternden Mann und begannen über den See zu gehen. Als das dünne Eis unter ihren Füßen schon leise knackte, tauchte eine Insel vor ihnen auf.

Die dichten Bäume auf der kleinen Insel, die im Mondlicht wie ein Gespensterschiff vor ihnen lag, kamen ihnen wie ein dunkles, schattiges Segel vor. Der Lichtschein auf der Oberfläche des Sees, die im Mondlicht metallisch glänzte, reichte bis zum gegenüberliegenden Ufer. Dahinter begann die Dunkelheit der hohen Buchen, Birken und Kiefern.

Am Ufer der Insel stand dichtes Schilf. Sie wussten, dass dort das Eis ziemlich dünn war und einen Menschen nicht tragen konnte. Das wusste jeder, der hier in der Gegend wohnte. Deshalb waren auch Warnflaggen aufgezogen. Hier das Eis zu betreten, bedeutete, in dem dunklen Wasser darunter zu versinken. Bis der Frühling kam und das Eis schmolz, würde eine Leiche darunter von den Fischen angefressen, und weil der Körper nicht auftauchen konnte, würde er immer wieder von unten an das Eis stoßen und so im See herumwandern.

Sie näherten sich der Insel. Am gegenüberliegenden Ufer sah man im Wald die Lichter eines Hauses. Sonst war alles öde und verlassen.

Sie führten den zitternden Alten, und Sami sagte zu ihm: »Gehen Sie hier nur einfach weiter bis auf die Insel!« Und er fügte hinzu: »Wir kommen nach. Dort wartet ein gut beheiztes Haus auf uns.«

Der Alte erwiderte kein Wort und lief zittrig und schwankend auf die Insel zu. Sami und Clara lauschten und schauten dem Mann nach. Er näherte sich dem Saum der Insel, strauchelte bei jedem Schritt. Nun konnte er jeden Moment auf dünnes oder gebrochenes Eis geraten. Er machte einige weitere Schritte auf dem gefährlichen Terrain. Nichts passierte. Sami und Clara hielten den Atem an und warteten.

Mit einem Mal zerriss ein Schrei die Stille. Sie hörten das Eis krachen. Der Alte verschwand in der Dunkelheit, glitt in die Tiefe. Im Wasser hörte man ihn noch ein- oder zweimal um sich schlagen. Danach Stille.

Der Wald, der See, Erde und Himmel, alles totenstill. Kein Laut zu hören.

Sami umarmte Clara. Langsam gingen sie zurück.

Der See schimmerte metallisch im Licht des Mondes.

Handschriftliche Notizen

Was für ein schöner Schluss? Nicht wahr?

Wir haben unsere Hände weder mit Blut besudelt noch einen Mord begangen. Außerdem ist der alte Mann spurlos verschwunden. Der Schriftsteller hat darauf hingewiesen, dass alles am dritten Januar passiert ist. Also an Filiz' Todestag.

So weit ist die Erzählung schön und gut, doch selbst auf die Gefahr hin, dass ich Ihnen den Spaß an der Geschichte verderbe, muss ich sagen, dass ich sie nicht richtig finde. Für meinen Freund spielt es eine große Rolle, dass sein Roman erfolgreich ist. Deshalb hat er die Geschichte mit einem dramatischen Finale enden lassen. Wie bei Tausenden von Filmen und Romanen hatte auch er das Ende mit einem Paukenschlag inszeniert. Doch – wie bedauerlich – so läuft das nicht, das Leben ist kein Roman.

Es stimmt, dass ich am dritten Januar im heftigen Schneesturm den alten Mann aus dem Krankenhaus geholt habe. Das ist korrekt erzählt. Bis zur Ankunft in Kungshamra gibt es keinen Unterschied. Doch dann sind wir nicht zum Seeufer, sondern zu meiner kleinen Wohnung gefahren. Wir fassten den Mann unter den Armen und brachten ihn in die Wohnung.

Der Alte war ziemlich aufgeregt. Zu Hause hat er

sich alles genau angesehen und versucht, türkische Spuren zu finden. Clara versank in tiefes Schweigen. Sie schien völlig verwirrt und zog sich wortlos in eine Ecke zurück. Sirikit thronte auf dem obersten Brett des Bücherregals und beobachtete den Alten, den sie zum ersten Mal sah.

Wenn wir jetzt von Sirikit reden, muss ich tatsächlich noch etwas erklären. Was würden Sie sagen, wenn ich Ihnen berichte, dass Clara Sirikit gar nie sehen konnte? Im Ernst, so war es.

Als wir nämlich in die Wohnung kamen, sah ich Sirikit auf uns herunterschauen und sagte zu Clara: »Das ist meine Katze, keine Angst, sie beißt nicht.«

»Welche Katze?«, fragte sie.

Ich zeigte aufs oberste Brett des Bücherregals, aber sie fragte nochmals: »Welche Katze?«

»Dort oben, auf dem Radio, dort sitzt sie immer.«

»Auf dem Radio ist nichts. Keine Katze, nichts.«

Aber dort saß Sirikit, aufgerichtet wie eine Statue, stolz und elegant, auf dem Radio!

Natürlich ging mir sofort die Hirschkuh durch den Kopf. Ich schloss fest die Augen und betete inbrünstig, dass meine treue Gefährtin Sirikit keine Halluzination geworden war. Als ich die Augen wieder öffnete, war sie weg! Völlig verunsichert ging ich hinüber und fuhr mit der Hand übers Radio. Da war nichts. Keine Sirikit, aber meine Katzenbücher waren immer noch da, auf dem Bücherbrett. Oh, wie sehr ich mir in die-

sem Augenblick wünschte, meine Katze möge wieder auftauchen!

»*Ach, vergiss es. Sie wird schon wieder auftauchen. So sind die Katzen. Sie kommen und gehen wie es ihnen passt.*«

So war es auch, denn später an diesem Abend saß Sirikit wieder auf dem Radio, aber ich redete mit Clara nicht mehr darüber. Es genügte, dass ich sie sah.

Ich sagte dann zum Alten: »*Jetzt werde ich Ihnen ein Videoband zeigen.*« *Ich steckte die Kassette, die ich vor Jahren von der Volkstanzgruppe der Universität aufgenommen hatte, in den Recorder. Plötzlich erfüllten die harten Klänge des Tanzliedes aus Bitlis meine kleine Studentenwohnung. Auf dem Bildschirm erschienen die jungen Leute in der lokalen Tracht. Der Mann freute sich, denn er glaubte, ich wollte ihn mit den Bildern an die Heimat erinnern.*

Dann sahen wir das erhitzte Gesicht von Filiz. Nachdem sie sich mit vorgestreckter Unterlippe Luft ins Gesicht geblasen hatte, erschien ein reizendes Lächeln auf ihrem Gesicht. Vielleicht sah sie in diesem Augenblick schöner aus als jemals in ihrem Leben. Ihre Augen strahlten hell und blank. Ich sah diese Videoaufnahme das erste Mal seit Filiz' Tod wieder. Jahre waren seither vergangen, doch ich spürte, wie mein Herz blutete. Nun sah ich ihr Gesicht, an das ich mich in den letzten Monaten nicht mehr vollständig hatte erinnern können, ganz deutlich vor mir. Filiz lachte mit geschminkten Augen wie ein unschuldiges Kind. Nach allem, was passiert war, begriff ich nun, dass sie wirklich noch ein Kind gewesen war.

Genau an dieser Stelle hielt ich das Band an. Die Musik verstummte, es war still im Zimmer. Vom Bildschirm her lächelte uns Filiz an.

Der Alte fragte: »Was gibt es denn?«

»Schau dir dieses Gesicht gut an!«

Er kniff die Augen zusammen, verstand aber nicht, was das sollte.

»Schau genau hin«, sagte ich. »Dies war das Gesicht von Filiz. Es wurde durch die Kugel eines Infanteriegewehrs zerfetzt. Die schönen Augen hier wurden herausgerissen. Ihr halbes Gesicht flog weg. Sie war neunzehn Jahre alt. Verstehst du mich jetzt?«

Der Mann schloss aus meiner Stimme und dem, was ich ihm gezeigt hatte, dass es für ihn gefährlich wurde, und rutschte unruhig auf seinem Stuhl herum.

»Was habe ich damit zu tun?«, fragte er.

»Erinnerst du dich nicht? Wie du die Sache vertuschen wolltest und mich deshalb mit elektrischem Strom gefoltert hast, bis ich vor Schmerzen schrie?«

Da zog er das Gesicht zusammen. Ich merkte, dass er sich an mich erinnerte, wenn auch nur verschwommen. Warum tat ich das alles? Auch das war mir nicht bewusst. Es ereignete sich alles ganz von selbst. Vielleicht wollte ich ihm einfach nur Filiz vorstellen, ihm beweisen, was für ein wunderbares Mädchen sie ge-

wesen war. Wenn ich ihm erzählte, was er uns angetan hatte, würde das vielleicht dazu führen, dass er wenigstens in den letzten Atemzügen seines Lebens ein wenig Reue zeigte. Er war nicht mehr derselbe Mensch wie damals. Die Krankheit hatte ihn zerstört, er war kraftlos, seine Nerven schwach.

Ich schaltete die Videokamera ein, die ich schon vorbereitet hatte, richtete sie auf sein Gesicht und begann ihn zu befragen. Erinnerte er sich nicht an die Hunderte von Jugendlichen? Waren ihm die unter der Folter gestorbenen Jungen nie im Traum erschienen? So stellte ich noch viele Fragen.

»Schau nur, junger Mann«, sagte er. »Jetzt erkenne ich die Falle, in die du mich gelockt hast. Du bist einer von denen.« Darauf begann er, die Klischees, mit denen er ein Leben lang seine Gegner beschuldigt hatte, eines nach dem anderen herunterzubeten. Eine Kette von Beschuldigungen, die mit meiner Absicht, die Einheit des Vaterlands zu zerstören, begann und damit endete, dass ich Kommunist sei.

»Ich bin kein Kommunist, war nie einer«, sagte ich.

»Natürlich bist du einer«, sagte er. »Wir wissen schon, wer Kommunist ist. Und das Mädchen da ist auch eine Kommunistin.« Er zeigte auf Clara.

Ich sagte zu ihm: »Ihr seid wie tollwütige Tiere.«

»Weil wir euch nicht erlaubt haben, das Vaterland aufzuteilen. Weil wir verhinderten, dass ihr es zu einem sowjetischen Satellitenstaat machen konntet.«

Und er setzte noch eins drauf: »*Ihr habt euer Vaterland niemals geliebt!*«

»*Wir haben euch nicht geliebt*«, *sagte ich.* »*Ihr habt geglaubt, ihr wärt das Vaterland. Und euch haben wir nicht geliebt.*«

Von wem sprach ich eigentlich? Ich war ja nie Mitglied einer politischen Organisation gewesen. Doch auch das spielte für ihn keine Rolle: Ich war einer von »*denen*«. *Clara saß da und mischte sich nicht in diesen türkischen Dialog ein, den sie nicht verstand.*

Da sagte der alte Mann: »*Vaterlandsverräter wie ihr versteht diese heiligen Dinge nicht. Außerdem habe ich sie ja nicht angeordnet. Meine Vorgesetzten haben sie befohlen, und wir haben sie ausgeführt.*«

Darauf fragte ich ihn, wer denn seine Vorgesetzten gewesen seien. »*Oh! Wer war nicht alles mein Vorgesetzter!*«, *sagte er.* »*Dann will ich sie dem gnädigen Herrn mal alle einzeln aufzählen.*« *Er verspottete mich.*

Um ihn weiter unter Druck zu setzen und ihn zu einem Geständnis zu zwingen, sagte ich: »*Du weißt ja, hier ist deine letzte Station. Deinen letzten Atemzug wirst du hier in diesem Zimmer tun!*«

Jetzt war er sprachlos. Ich fühlte, dass er damit nicht gerechnet hatte. Er wusste, dass er bald sterben würde, doch nun stand er so plötzlich dem Tod gegenüber. Sein Gesicht drückte Panik aus. Mit weicher Stimme sagte er: »*Aber lieber Junge, was haben Sie* vor? Was haben Sie davon, wenn Sie einen Greis wie mich umbringen, der schon im Sterben liegt?«

Eigentlich hatte er ja Recht.

»Nun zähle mal jeden Einzelnen auf, der dir Befehle erteilt hat«, sagte ich. »Und dann will ich Einzelheiten über deine Verbrechen hören.«

Sein Gesicht verkrampfte sich, der Mund rutschte nach rechts. Ich vermutete, dass die Wirkung des Kortisons nachließ. »Ist das nicht auch ein Verbrechen? Oder etwa nicht? Nicht wahr?« *So redete er immer weiter, und seine Aussprache wurde immer undeutlicher. Dann fing er plötzlich an zu schreien:* »Du Hurensohn, Hurensohn, du! Du Hund! Auch dich lasse ich verrecken! Und diese Hure da, und die andere auch!«

Sein violett angelaufenes Gesicht verkrampfte sich nun heftig, sein Kopf glich einem Totenschädel. Wie ein Hund hatte er die Zähne gebleckt, als wolle er uns in Furcht versetzen und zurückdrängen. Mitten in seinen wüsten Flüchen trat ihm Schaum vor den Mund, er knurrte wie ein Hund, wutentbrannt, als wollte er mich packen und in Stücke reißen.

Ich wusste nicht, wie ich mich verhalten sollte. Damit hatte ich nicht gerechnet. Diesen lebendigen Leichnam, der sein widerwärtigstes Gesicht zeigte, konnte ich weder anfassen noch schlagen oder auch nur berühren. Mein Magen verkrampfte sich unvermittelt. Eine der Krisen, in denen ich mich vor Jahren immerzu übergeben musste, wiederholte sich nun. Ich hielt mir die Hand vor den Mund und würgte. Die Flüche des Mannes waren nicht mehr zu verstehen. Er knurrte, fletschte die Zähne und stieß primitive Laute aus.

Nach einer Weile beruhigte er sich wieder und sackte völlig erschöpft im Sessel zusammen. Wir sahen, dass Tränen aus seinen Augen sickerten und über die runzligen Wangen liefen. Sicher eine halbe Stunde saß er so da, völlig in seinen Gedanken verloren. Dann kam er wieder zu sich, sah sich um und erkannte uns. Er murmelte etwas Unverständliches und zeigte zum Badezimmer. Ich nahm ihn am Arm. Er wirkte völlig kraftlos, atmete heftig und setzte hilflos einen Fuß vor den andern. Seine Augen schimmerten grau wie die eines Toten.

Ich ließ ihn allein im Badezimmer. Clara und ich sahen uns ratlos an. Uns beiden war klar: Der Gedanke, ihn umzubringen, war eine Ausgeburt unserer überhitzten Fantasie gewesen. Nun da er so direkt vor uns saß, realisierten wir irgendwie, was Leben und Tod bedeutete auf dieser Welt. Was tun mit diesem Alten in meiner winzigen Wohnung?

Schließlich, nach einer Ewigkeit, hörten wir die Wasserspülung. Er schlurfte herein und ließ sich atemlos aufs Sofa sinken. Er winkte mich zu sich, ich ging zu ihm hinüber. Wie damals in Ankara sah ich ihn jetzt direkt vor mir und spürte seinen Atem auf meiner

Wange. »Hör mir zu, mein Sohn. Machen wir uns nichts mehr vor. Ich will nicht mit einer Lüge auf der Zunge vor meinen Schöpfer treten. Als du Filiz zum ersten Mal erwähnt hast, war mir sofort alles klar. Ich konnte dieses Mädchen nie vergessen.« Jetzt murmelte er nur noch, ich konnte kaum etwas verstehen.

Ich schaute ihn ungläubig an. Spielte er mir etwas vor? Hatte er mich tatsächlich schon im Spital erkannt und mich die ganze Zeit über angelogen? Hatte er mich zum Narren gehalten?

Er fuhr fort: »Diese Geschichte ging mir nie aus dem Kopf, seit du mich wieder daran erinnert hast. Das Mädchen hätte meine Tochter sein können! Glaub mir, seit ich im Spital bin, denke ich daran. Gott hat dich und mich hier zusammengeführt. Ich stehe an der Schwelle des Todes, und das Einzige, das ich tun kann, ist, dich um Vergebung zu bitten und zu hoffen, dass Gott mir verzeiht.« Er griff nach meiner Hand. »Du wirst mir vergeben, mein Sohn, sag es.«

Ich fühlte mich zerrissen. Es schien mir wie ein Verrat an Filiz. Gleichzeitig, gegen meinen Willen, rührte mich dieser alte, halb tote Mann.

»Mir bleibt nicht viel Zeit, du weißt es. Für mich ist bald alles vorbei.«

Was sollte das wieder heißen? Spielte er wieder Katz und Maus mit mir? War ich zu freundlich mit ihm gewesen, und er nützte das jetzt aus?

»Wirst du mir vergeben?«

Ich konnte ihn kaum mehr verstehen. Er lallte nur noch. Die roten Flecken in seinem Gesicht wurden stärker und stärker. Sein Blick wurde unstet, seine Augen begannen zu rollen. Würde er uns unter den Händen wegsterben?

Für mich ist bald alles vorbei ... Es waren wohl diese Worte, die mich jetzt aufspringen ließen. Ich hastete ins Badezimmer und suchte die Schlafpillen, die für meine allnächtliche Dosis neben dem Waschbecken lagen. Das Döschen lag auf dem Boden, ein Griff zeigte: es war leer. Ich war mir sicher, es waren noch etwa zwanzig Tabletten darin gewesen.

Ich rannte zurück ins Wohnzimmer, packte den Alten, der nur noch döste, und schleifte ihn ins Badezimmer. »Hilf mir!«, rief ich Clara zu. Wir beugten seinen Kopf übers Waschbecken. »Kotz es raus!«, schrie ich ihn an. »Du musst alles rauskotzen!«

Ich griff nach einer Zahnbürste, steckte sie ihm in den Mund, drückte auf die Zunge, und schließlich gelang es. Er krümmte und wand und übergab sich, bis der Magen leer war. Ich wischte ihm das Gesicht ab, und zusammen mit Clara schleiften ich ihn wieder zu seinem Platz auf dem Sofa.

Er zitterte wie Espenlaub, seine Zähne klapperten. Wir legten eine Decke über ihn und stützten seinen Kopf mit einem Kissen. Clara rief im Krankenhaus an und sagte ihnen, was geschehen und in welchem Zustand er war.

Während sie am Telefon war, griff er nach meiner Hand: »Warum hast du das getan, mein Sohn? Es wäre meine Erlösung gewesen. Glaubst du mir jetzt, dass ich es ernst meine. Warum hast du mich nicht gehen lassen?«

»Ich weiß es nicht.« *Mehr konnte ich nicht sagen.*

»Warum, sag es!«

»Ich weiß es wirklich nicht. Vermutlich weil wir uns inzwischen gut kennen.«

»Ja, wir kennen uns. Wir sind wie Verwandte geworden. Mit keinem kann ich Türkisch sprechen außer mit dir.«

Als die Ambulanz endlich kam, war der Alte wieder bewusstlos. Während sie die Bahre in den Wagen schoben, öffnete er kurz die Augen und murmelte einige völlig unverständliche Worte.

Als der Alte weg war, setzten Clara uns ich uns an den Tisch und öffneten eine Flasche Wodka. Ein Glas nach dem anderen schütteten wir hinunter. Wir hatten nur ein Ziel: so schnell wie möglich sturzbetrunken zu sein. Wir wollten schnellstens vergessen, was passiert war. Wir waren wieder einmal erniedrigt worden. Es gab auf dieser Welt keine Rache, es war nicht möglich.

Wir hatten die Flasche Wodka in zwanzig Minuten geleert, alles drehte sich so, dass wir es kaum bis ins Bett schafften. Das heißt, ich schaffte es bis ins Bett, was Clara machte, weiß ich nicht mehr.

Dann irgendwann in der Nacht bemerkte ich, dass

unsere Körper sich erforschten. Ich lag auf Clara, ja, war sogar in ihr. Ohne es zu wollen, ohne uns bewusst dafür entschieden zu haben, und auch ohne es richtig zu bemerken, passierte es. Wir vereinigten uns. Danach schliefen wir wieder ein. Als wir am Morgen aufstanden, hatte ich einen metallischen Geschmack im Mund und mein Kopf schmerzte. Die Blutspuren im Bett bezeugten, dass Clara – ohne sich dessen recht bewusst zu sein – ihre Unschuld geopfert hatte, die sie so lange verteidigt und jahrelang ängstlich gehütet hatte. Als ich wach wurde, fragte ich mich, was sie wohl dazu sagen würde. Doch sie ging gar nicht darauf ein. Wir haben nie darüber gesprochen.

Von diesem Tag an lebten wir zusammen. Clara, ich und der Geist von Sirikit. Hin und wieder sehe ich sie auf dem Radio sitzen, aber ich rede nicht darüber. Ich gehe nicht mehr davon aus, dass Clara sie auch sieht, wie sie sich dort oben reckt, uns mustert und leicht hochmütig auf uns herunterschaut.

Über unsere Erlebnisse mit dem alten Mann haben wir nie wieder gesprochen. Ich scheute mich davor, als könne es ein Unglück auslösen. Wenn ich an ihn denke, geht es wie ein Riss durch mich hindurch. Ich bin gespalten zwischen Wehmut und Ekel. Warum Clara nie wieder darauf zu sprechen kam, weiß ich nicht. Ob sie es vielleicht vergessen hat? Nein, das ist nicht möglich.

Göran nahm es sehr gefasst auf, als Clara zu mir

zog. Obwohl er nichts sagte, spürte ich, dass er tieftraurig war. Selbst wenn er es als moderner, aufgeklärter Mensch akzeptierte, belasteten doch Liebesleid und Eifersucht sein Herz.

Außer Bülent und seiner Frau haben wir keine Freunde. Wir leben ganz für uns.

Mein Freund, der diesen Roman schrieb, wurde sehr wütend auf mich, als er meine Notizen las. Seit diesem Tag spricht er kein Wort mehr mit mir. Und sogar wenn wir uns auf der Straße treffen, schaut er weg.

Wir haben zwar nicht viel Geld, doch eigentlich fehlt uns nichts zum Leben. Welche Arbeit wir auch finden, wir nehmen sie an. Der wohltätige, menschenfreundliche schwedische Staat zahlt unsere Miete. Wenn wir arbeitslos werden, bekommen wir Unterstützung. Wir warten auf den Schlussverkauf in den Kaufhäusern und decken uns mit preiswerter Kleidung ein. Am Wochenende fahren wir zu den Großmärkten vor der Stadt und packen den Kofferraum unseres Volvo mit Lebensmitteln voll. Jeder Tag ist bei uns wie der andere, so geht es immer weiter.

Abends sehen wir bis zehn Uhr das Fernsehprogramm an, danach lesen wir türkische und spanische Bücher. Wir holen uns Reiseprospekte und besprechen, in welches Urlaubsland wir im Sommer fahren wollen, und vergleichen die Preise. Kurz gesagt, wir leben auf dieser Welt wie Millionen von Flüchtlingen, die sich einander in ihrer Identität, Persönlichkeit – ei-

ner wie der andere gesichtslos – gleichen. Und wenn ich es recht bedenke, macht es mir gar nichts aus. Flüchtlingsprobleme, das gehört zu den Dingen, über die ich mir nicht mehr den Kopf zerbreche.

Das ist es wohl, was man Glück nennt: ein Stückchen Sicherheit und eine Prise Kummer.

Der Übersetzer

Wolfgang Riemann, geboren 1944, studierte Orientalistik, Turkologie und Islamwissenschaft in Frankfurt und in Istanbul und lebt heute in Frankfurt am Main. Neben der Übersetzungstätigkeit arbeitet er als Bibliograf in einer wissenschaftlichen Buchhandlung. Sein besonderes Engagement gilt der modernen türkischen Literatur.